Cecília Meireles

ROMANCEIRO DA INCONFIDÊNCIA

Cecília Meireles

ROMANCEIRO DA INCONFIDÊNCIA

Apresentação
Alberto da Costa e Silva

Organização
André Seffrin

global editora

13ª Edição, Global Editora, São Paulo 2015
4ª Reimpressão, 2021

Jefferson L. Alves – diretor editorial
Gustavo Henrique Tuna – editor assistente
André Seffrin – organização e estabelecimento de texto
Flávio Samuel – gerente de produção
Julia Passos – assistente editorial
Tatiana Y. Tanaka e Flavia Baggio – revisão
Lelis – ilustração de capa
Eduardo Okuno – capa e projeto gráfico

A Global Editora agradece à Solombra - Agência Literária pela gentil cessão dos direitos de imagem de Cecília Meireles.

CIP-BRASIL. CATALOGAÇÃO NA FONTE
SINDICATO NACIONAL DOS EDITORES DE LIVROS, RJ

M453r

Meireles, Cecília, 1901-1964
Romanceiro da inconfidência / Cecília Meireles ; organização André Seffrin. - [13. ed.] - São Paulo : Global, 2015.
360 p. : il.

ISBN 978-85-260-2190-7

1. Poesia brasileira. 2. Brasil - História - Conjuração mineira, 1789 - Poesia. I. Seffrin, André. II. Título.

15-20167 CDD: 869.91
CDU: 821.134.3(81)-1

Obra atualizada conforme o
NOVO ACORDO ORTOGRÁFICO DA LÍNGUA PORTUGUESA

Global Editora e Distribuidora Ltda.
Rua Pirapitingui, 111 — Liberdade
CEP 01508-020 — São Paulo — SP
Tel.: (11) 3277-7999
e-mail: global@globaleditora.com.br

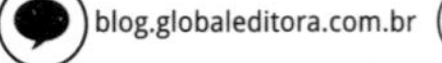

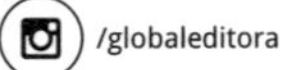

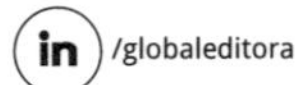

Nº de Catálogo: **3834**

Acervo pessoal de Cecília Meireles

Sumário

Poesia e história

Já não me lembro se foi em Goethe que li ser da essência da alta cultura a aliança da história com a poesia. Sempre desconfiei, porém, que, no casamento, se esta ganhava daquela um grande dote, era para fazer com ele o que quisesse, exceto ignorá-lo. O poeta, ao tentar nos devolver as emoções de outras épocas, usa cada um dos itens desse dote, não apenas como defluem dos documentos, mas também (e, talvez, sobretudo) como lhe comanda o sentimento de beleza. A sua verdade assemelha-se à que fica dos acontecimentos na memória afetiva de uma família, de uma cidade, de uma região ou de um povo, ao que continua a ser ouvido depois que as vozes há muito se apagaram. Neste *Romanceiro da Inconfidência*, Cecília Meireles, atenta aos autos do processo, às cartas, aos testamentos, às pinturas, às modinhas e às estátuas dos profetas, encarece o que se narrava e narra sobre os tempos da conjura, nas conversas familiares, nas esquinas e nos átrios das igrejas, principalmente depois que se começou, há pouco mais de cem anos, a cristizar o Tiradentes. Ou seja, a aproximá-lo da imagem de Jesus no julgamento e no Calvário.

A Vila Rica do fim do século XVIII, cenário deste *Romanceiro*, não é apenas a dos grandes altares de talha, ainda que dourada de lenda. Por isso, ao escrever os poemas deste livro, Cecília Meireles escolheu uma via humilde, mas de percurso difícil, como o calcetado das ruas por onde passavam as suas personagens: o romance ibérico medieval que refloresceu no Brasil. E o fez com segurança e mestria, com fidelidade às técnicas dos cantadores. Tal como ocorre no romanceiro tradicional, no seu predomina a redondilha maior, ainda que haja também versos de cinco, seis ou mais sílabas, dotados de rimas soantes ou toantes, ou, com menor frequência, brancos. Ainda a acompanhar a versificação dos romances tradicionais, não são poucos os poemas em que a segunda linha rima com a última, em estrofes de cinco, seis ou oito versos. Ademais, não é incomum em Cecília o que sobeja nos cancioneiros: o uso de refrães. E muitas vezes fica um episódio sem conclusão ou com seu remate apenas sugerido, a ressoar o que, nos romances peninsulares, quem melhor os estudou, Menéndez Pidal, definiu como saber calar a tempo.

Nos enredos tradicionais é comum a presença do demônio. Neste *Romanceiro da Inconfidência*, o ouro toma o seu lugar. É com ouro que se atam as tramas individuais e os versos que as refazem, desde a entrada em cena de Chica da Silva até o enforcamento de um alferes para expiar uma conspiração de doutores. E não falta o que é quase indispensável nos romances em versos desde a Idade Média: além da cobiça, da inveja, da hipocrisia e da falsidade, o traidor.

Escritos por uma poetisa refinadíssima, que os quis de dicção popular, esses poemas – limpos, diretos, nítidos, cada qual com vida própria – formam um longo e único poema, lírico e épico ao mesmo tempo. Neles, a poesia responde à história e de tal modo que, se pouco soubermos da vida de Bárbara Eliodora, a mulher de Alvarenga Peixoto, ficaremos enriquecidos de passado, ao percorrer os versos dos seis romances que dela nos insinuam, comovidamente, o retrato.

Com a imaginação a adivinhar o que não se mostra claro ou não está nos documentos, Cecília Meireles recria poeticamente um pedaço de tempo e, ao lhe reescrever poeticamente a história, dá a uma conspiração revolucionária de poetas, num rincão montanhoso do Império português, a consistência do mito.

Alberto da Costa e Silva

ROMANCEIRO DA INCONFIDÊNCIA

Fala inicial

Não posso mover meus passos
por esse atroz labirinto
de esquecimento e cegueira
em que amores e ódios vão:
– pois sinto bater os sinos,
percebo o roçar das rezas,
vejo o arrepio da morte,
à voz da condenação;
– avisto a negra masmorra
e a sombra do carcereiro
que transita sobre angústias,
com chaves no coração;
– descubro as altas madeiras
do excessivo cadafalso
e, por muros e janelas,
o pasmo da multidão.

Batem patas de cavalos.
Suam soldados imóveis.
Na frente dos oratórios,
que vale mais a oração?
Vale a voz do Brigadeiro
sobre o povo e sobre a tropa,
louvando a augusta Rainha,
– já louca e fora do trono –
na sua proclamação.

Ó meio-dia confuso,
ó vinte-e-um de abril sinistro,
que intrigas de ouro e de sonho
houve em tua formação?
Quem ordena, julga e pune?
Quem é culpado e inocente?

Na mesma cova do tempo
cai o castigo e o perdão.
Morre a tinta das sentenças
e o sangue dos enforcados...
– liras, espadas e cruzes
pura cinza agora são.
Na mesma cova, as palavras,
o secreto pensamento,
as coroas e os machados,
mentira e verdade estão.

Aqui, além, pelo mundo,
ossos, nomes, letras, poeira...
Onde, os rostos? onde, as almas?
Nem os herdeiros recordam
rastro nenhum pelo chão.

Ó grandes muros sem eco,
presídios de sal e treva
onde os homens padeceram
sua vasta solidão...

Não choraremos o que houve,
nem os que chorar queremos:
contra rocas de ignorância
rebenta a nossa aflição.

Choramos esse mistério,
esse esquema sobre-humano,
a força, o jogo, o acidente
da indizível conjunção
que ordena vidas e mundos
em polos inexoráveis
de ruína e de exaltação.

Ó silenciosas vertentes
por onde se precipitam
inexplicáveis torrentes,
por eterna escuridão!

Cenário

Passei por essas plácidas colinas
e vi das nuvens, silencioso, o gado
pascer nas solidões esmeraldinas.

Largos rios de corpo sossegado
dormiam sobre a tarde, imensamente,
– e eram sonhos sem fim, de cada lado.

Entre nuvens, colinas e torrente,
uma angústia de amor estremecia
a deserta amplidão na minha frente.

Que vento, que cavalo, que bravia
saudade me arrastava a esse deserto,
me obrigava a adorar o que sofria?

Passei por entre as grotas negras, perto
dos arroios fanados, do cascalho
cujo ouro já foi todo descoberto.

As mesmas salas deram-me agasalho
onde a face brilhou de homens antigos,
iluminada por aflito orvalho.

De coração votado a iguais perigos,
vivendo as mesmas dores e esperanças,
a voz ouvi de amigos e inimigos.

Vencendo o tempo, fértil em mudanças,
conversei com doçura as mesmas fontes,
e vi serem comuns nossas lembranças.

Da brenha tenebrosa aos curvos montes,
do quebrado almocafre aos anjos de ouro
que o céu sustêm nos longos horizontes,

tudo me fala e entende do tesouro
arrancado a estas Minas enganosas,
com sangue sobre a espada, a cruz e o louro.

Tudo me fala e entendo: escuto as rosas
e os girassóis destes jardins, que um dia
foram terras e areias dolorosas,

por onde o passo da ambição rugia;
por onde se arrastava, esquartejado,
o mártir sem direito de agonia.

Escuto os alicerces que o passado
tingiu de incêndio: a voz dessas ruínas
de muros de ouro em fogo evaporado.

Altas capelas contam-me divinas
fábulas. Torres, santos e cruzeiros
apontam-me altitudes e neblinas.

Ó pontes sobre os córregos! ó vasta
desolação de ermas, estéreis serras
que o sol frequenta e a ventania gasta!

Rubras, cinéreas, tenebrosas terras
retalhadas, por grandes golpes duros,
de infatigáveis, seculares guerras...

Tudo me chama: a porta, a escada, os muros,
as lajes sobre mortos ainda vivos,
dos seus próprios assuntos inseguros.

Assim viveram chefes e cativos,
um dia, neste campo, entrelaçados
na mesma dor, quiméricos e altivos.

E assim me acenam por todos os lados.
Porque a voz que tiveram ficou presa
na sentença dos homens e dos fados.

Cemitério das almas... – que tristeza
nutre as papoulas de tão vaga essência?
(Tudo é sombra de sombras, com certeza...

O mundo, vaga e inábil aparência,
que se perde nas lápides escritas,
sem qualquer consistência ou consequência.

Vão-se as datas e as letras eruditas
na pedra e na alma, sob etéreos ventos,
em lúcidas venturas e desditas.

E são todas as coisas uns momentos
de perdulária fantasmagoria,
– jogo de fugas e aparecimentos.)

Das grotas de ouro à extrema escadaria,
por asas de memória e de saudade,
com o pó do chão meu sonho confundia.

Armado pó que finge eternidade,
lavra imagens de santos e profetas
cuja voz silenciosa nos persuade.

E recompunha as coisas incompletas:
figuras inocentes, vis, atrozes,
vigários, coronéis, ministros, poetas.

Retrocedem os tempos tão velozes,
que ultramarinos árcades pastores
falam de Ninfas e Metamorfoses.

E percebo os suspiros dos amores
quando por esses prados florescentes
se ergueram duros punhos agressores.

Aqui tiniram ferros de correntes;
pisaram por ali tristes cavalos.
E enamorados olhos refulgentes

– parado o coração por escutá-los –
prantearam nesse pânico de auroras
densas de brumas e gementes galos.

Isabéis, Doroteias, Eliodoras,
ao longo desses vales, desses rios,
viram as suas mais douradas horas

em vasto furacão de desvarios
vacilar como em caules de altas velas
cálida luz de trêmulos pavios.

Minha sorte se inclina junto àquelas
vagas sombras da triste madrugada,
fluidos perfis de donas e donzelas.

Tudo em redor é tanta coisa e é nada:
Nise, Anarda, Marília... – quem procuro?
Quem responde a essa póstuma chamada?

Que mensageiro chega, humilde e obscuro?
Que cartas se abrem? Quem reza ou pragueja?
Quem foge? Entre que sombras me aventuro?

Que soube cada santo em cada igreja?
A memória é também pálida e morta
sobre a qual nosso amor saudoso adeja.

O passado não abre a sua porta
e não pode entender a nossa pena.
Mas, nos campos sem fim que o sonho corta,

vejo uma forma no ar subir serena:
vaga forma, do tempo desprendida.
É a mão do Alferes, que de longe acena.

Eloquência da simples despedida:
"Adeus! que trabalhar vou para todos!..."

(Esse adeus estremece a minha vida.)

Romance I ou
Da revelação do ouro

Nos sertões americanos,
anda um povo desgrenhado:
gritam pássaros em fuga
sobre fugitivos riachos;
desenrolam-se os novelos
das cobras, sarapintados;
espreitam, de olhos luzentes,
os satíricos macacos.

Súbito, brilha um chão de ouro:
corre-se – é luz sobre um charco.

A zoeira dos insetos
cresce, nos vales fechados,
com o perfume das resinas
e desse mel delicado
que se acumula nas flores
em grãos de veludo e orvalho.

(Por onde é que andas, ribeiro,
descoberto por acaso?)

Grossos pés firmam-se em pedras:
sob os chapéus desabados,
o olhar galopa no abismo,
vai revolvendo o planalto;
descobre os índios desnudos,
que se escondem, timoratos;
calcula ventos e chuvas;
mede os montes, de alto a baixo;

em rios a muitas léguas
vai desmontando o cascalho;
em cada mancha de terra,
desagrega barro e quartzo.

Lá vão pelo tempo adentro
esses homens desgrenhados:
duro vestido de couro
enfrenta espinhos e galhos;
em sua cara curtida
não pousa vespa ou moscardo;
comem larvas, passarinhos,
palmitos e papagaios;
sua fome verdadeira
é de rios muito largos,
com franjas de prata e de ouro,
de esmeraldas e topázios.

(Que é feito de ti, montanha,
que a face escondes no espaço?)

E é por isso que investigam
toda a brenha, palmo a palmo;
é por isso que se entreolham
com duras pupilas de aço;
que uns aos outros se destroçam
com seus facões e machados:
companheiros e parentes
são rivais e amigos falsos.

(Que é feito de ti, caminho,
em teu segredo enrolado?)

Por isso, descem as aves
de distantes céus intactos
sobre corpos sem socorro,
pela sombra apunhalados;
por isso, nascem capelas

no mudo espanto dos matos,
onde rudes homens duros
depositam seus pecados.
Por isso, o vento que gira
assombra as onças e os veados:
que seu sopro, antigamente,
era perfume tão grato,
e, agora, é cheiro de morte,
de feridos e enforcados...

(Que é feito de ti, remoto
Verbo Divino Encarnado?)

Selvas, montanhas e rios
estão transidos de pasmo.
É que avançam, terra adentro,
os homens alucinados.
Levam guampas, levam cuias,
levam flechas, levam arcos;
atolam-se em lama negra,
escorregam por penhascos,
morrem de audácia e miséria,
nesse temerário assalto,
ambiciosos e avarentos,
abomináveis e bravos,
para fortuitas riquezas
estendendo inquietos braços,
– os olhos já sem clareza,
– os lábios secos e amargos.

(Que é feito de vós, ó sombras
que o tempo leva de rastos?)

E, atrás deles, filhos, netos,
seguindo os antepassados,
vêm deixar a sua vida,
caindo nos mesmos laços,
perdidos na mesma sede,

teimosos, desesperados,
por minas de prata e de ouro
curtindo destino ingrato,
emaranhando seus nomes
para a glória e o desbarato,
quando, dos perigos de hoje,
outros nascerem, mais altos.
Que a sede de ouro é sem cura,
e, por ela subjugados,
os homens matam-se e morrem,
ficam mortos, mas não fartos.

(Ai, Ouro Preto, Ouro Preto,
e assim foste revelado!)

Romance II ou
Do ouro incansável

Mil bateias vão rodando
sobre córregos escuros;
a terra vai sendo aberta
por intermináveis sulcos;
infinitas galerias
penetram morros profundos.

De seu calmo esconderijo,
o ouro vem, dócil e ingênuo;
torna-se pó, folha, barra,
prestígio, poder, engenho...
É tão claro! – e turva tudo:
honra, amor e pensamento.

Borda flores nos vestidos,
sobe a opulentos altares,
traça palácios e pontes,
eleva os homens audazes,
e acende paixões que alastram
sinistras rivalidades.

Pelos córregos, definham
negros, a rodar bateias.
Morre-se de febre e fome
sobre a riqueza da terra:
uns querem metais luzentes,
outros, as redradas pedras.

Ladrões e contrabandistas
estão cercando os caminhos;
cada família disputa

privilégios mais antigos;
os impostos vão crescendo
e as cadeias vão subindo.

Por ódio, cobiça, inveja,
vai sendo o inferno traçado.
Os reis querem seus tributos,
– mas não se encontram vassalos.
Mil bateias vão rodando,
mil bateias sem cansaço.

Mil galerias desabam;
mil homens ficam sepultos;
mil intrigas, mil enredos
prendem culpados e justos;
já ninguém dorme tranquilo,
que a noite é um mundo de sustos.

Descem fantasmas dos morros,
vêm almas dos cemitérios:
todos pedem ouro e prata,
e estendem punhos severos,
mas vão sendo fabricadas
muitas algemas de ferro.

Romance III ou
Do caçador feliz

Caçador que andas na mata,
bem sei por que vais contente,
com grandes olhos felizes:
vês que é de reino encantado,
pelo vale, pela serra,
qualquer caminho que pises.
Tropeças em seixos de ouro,
em cascalho de diamantes,
nunca em singelas raízes.

Os grãos da tua escopeta
– e como vai carregada! –
para a caça que precises,
são pepitas de ouro puro...
E está cheio de ouro o papo
das codornas e perdizes...

Caçador que andas na mata,
são bichos que vais caçando,
ou caças o que não dizes?

Caçador que andas na mata...

Romance IV ou
Da donzela assassinada

"Sacudia o meu lencinho
para estendê-lo a secar.
Foi pelo mês de dezembro,
pelo tempo do Natal.
Tão feliz que me sentia,
vendo as nuvenzinhas no ar,
vendo o sol e vendo as flores
nos arbustos do quintal,
tendo ao longe, na varanda,
um rosto para mirar!

"Ai de mim, que suspeitaram
que lhe estaria a acenar!
Sacudia o meu lencinho
para estendê-lo a secar.
Lencinho lavado em pranto,
grosso de sonho e de sal,
de noites que não dormira,
na minha alcova a pensar,
– porque o meu amor é pobre,
de condição desigual.

"Era no mês de dezembro,
pelo tempo do Natal.
Tinha o amor na minha frente,
tinha a morte por detrás:
desceu meu pai pela escada,
feriu-me com seu punhal.
Prostrou-me a seus pés, de bruços,
sem mais força para um ai!
Reclinei minha cabeça

em bacia de coral.
Não vi mais as nuvenzinhas
que pasciam pelo ar.
Ouvi minha mãe aos gritos
e meu pai a soluçar,
entre escravos e vizinhos,
– e não soube nada mais.

“Se voasse o meu lencinho,
grosso de sonho e de sal,
e pousasse na varanda,
e começasse a contar
que morri por culpa do ouro
– que era de ouro esse punhal
que me enterrou pelas costas
a dura mão de meu pai –
sabe Deus se choraria
quem o pudesse escutar,
– se voasse o meu lencinho
e se pudesse falar,
como fala o periquito
e voa o pombo-torcaz...

“Reclinei minha cabeça
em bacia de coral.
Já me esqueci do meu nome,
por mais que o queira lembrar!

“Foi pelo mês de dezembro,
pelo tempo do Natal.
Tudo tão longe, tão longe,
que não se pode encontrar.
Mas eu vagueio sozinha,
pela sombra do quintal,
e penso em meu triste corpo,
que não posso levantar,
e procuro o meu lencinho,
que não sei por onde está,

e relembro uma varanda
que havia neste lugar...

"Ai, minas de Vila Rica,
santa Virgem do Pilar!
dizem que eram minas de ouro...
– para mim, de rosalgar,
para mim, donzela morta
pelo orgulho de meu pai.
(Ai, pobre mão de loucura,
que mataste por amar!)
Reparai nesta ferida
que me fez o seu punhal:
gume de ouro, punho de ouro,
ninguém o pode arrancar!
Há tanto tempo estou morta!
E continuo a penar."

Romance V ou
Da destruição de Ouro Podre

Dorme, meu menino, dorme,
que o mundo vai se acabar.
Vieram cavalos de fogo:
são do Conde de Assumar.
Pelo Arraial de Ouro Podre,
começa o incêndio a lavrar.

O Conde jurou no Carmo
não fazer mal a ninguém.
(Vede agora pelo morro
que palavra o Conde tem!
Casas, muros, gente aflita
no fogo rolando vêm!)

D. Pedro, de uma varanda,
viu desfazer-se o arraial.
Grande vilania, Conde,
cometes, para teu mal.
Mas o que aguenta as coroas
é sempre a espada brutal.

Riqueza grande da terra,
quantos por ti morrerão!
(Vede as sombras dos soldados
entre pólvora e alcatrão!
Valha-nos Santa Ifigênia!
– E isto é ser povo cristão!)

Dorme, meu menino, dorme...
Dorme e não queiras sonhar.
Morreu Felipe dos Santos
e, por castigo exemplar,
depois de morto na forca,
mandaram-no esquartejar!

Cavalos a que o prenderam,
estremeciam de dó,
por arrastarem seu corpo
ensanguentado, no pó.
Há multidões para os vivos:
porém quem morre vai só.

Dentro do tempo há mais tempo,
e, na roca da ambição,
vai-se preparando a teia
dos castigos que virão:
há mais forcas, mais suplícios
para os netos da traição.

Embaixo e em cima da terra,
o ouro um dia vai secar.
Toda vez que um justo grita,
um carrasco o vem calar.
Quem não presta, fica vivo:
quem é bom, mandam matar.

Dorme, meu menino, dorme...
Fogo vai, fumaça vem...
Um vento de cinzas negras
levou tudo para além...
Dizem que o Conde se ria!
Mas, quem ri, chora também.

Quando um dia fores grande,
e passares por ali,
dirás: "Morro da Queimada,
como foste, nunca vi:
mas, só de te ver agora,
ponho-me a chorar por ti:

por tuas casas caídas,
pelos teus negros quintais,
pelos corações queimados
em labaredas fatais,

– por essa cobiça de ouro
que ardeu nas minas gerais".

Foi numa noite medonha,
numa noite sem perdão.
Dissera o Conde: "Estais livres".
E deu ordem de prisão.
Isso, Dom Pedro de Almeida,
é o que faz qualquer vilão.

Dorme, meu menino, dorme...
Que fumo subiu pelo ar!
As ruas se misturaram,
tudo perdeu seu lugar.
Quem vos deu poder tamanho,
Senhor Conde de Assumar?

"Jurisdição para tanto
não tinha, Senhor, bem sei..."
(Vede os pequenos tiranos
que mandam mais do que o Rei!
Onde a fonte do ouro corre,
apodrece a flor da Lei!)

Dorme, meu menino, dorme,
– que Deus te ensine a lição
dos que sofrem neste mundo
violência e perseguição.
Morreu Felipe dos Santos:
outros, porém, nascerão.

Não há Conde, não há forca,
não há coroa real
mais seguros que estas casas,
que estas pedras do arraial,
deste Arraial do Ouro Podre
que foi de Mestre Pascoal.

Romance VI ou
Da transmutação dos metais

Já se preparam as festas
para os famosos noivados
que entre Portugal e Espanha
breve serão celebrados.
Ai, quantas cartas e acordos
redigidas e assinados!
Ai, que confusos assuntos
são, para os Reis, seus reinados...
Ai, quantos embaixadores
para tamanhos recados!

D. João V, rei faustoso,
entre fidalgos e criados,
calcula as grandes despesas
para os festins projetados.
Ai, quanto veludo e seda,
e quantos finos brocados!
Ai, quantos rubis do Oriente
e diamantes lapidados!
Ai, quantos vasos e joias,
cinzelados, marchetados...

E, embora tenha o seu reino
limites tão dilatados,
e seja Rei tão faustoso,
entre os demais potentados,
ai, como está com seus cofres
completamente arrasados!
Ai, quantos ricos presentes
para outros reinos enviados!
Ai, que mosteiro, ai que torres,
ai, que sinos afinados!

Eis que recebe a notícia
de que ao porto são chegados
os quintos de ouro das minas
que do Brasil são mandados.
Ai, que alegria ressumam
seus olhos aveludados...
Ai, que pressa, que alvoroço,
por catorze mil cruzados!
Ai, que ventura tão grande,
depois de tantos cuidados!

Mas, quando, em sua presença,
os caixões são despregados,
apesar de lacre e selos,
os fidalgos assombrados,
ai! só veem de grãos de chumbo
cunhetes acogulados...
Ai, que os monarcas traídos
não soltam pragas nem brados.
Ai, que as forcas e os degredos
são feitos para os culpados.

Cuiabanos e paulistas,
nobres, escravos, soldados,
discutem pelos caminhos
os quintos falsificados.
– Ai, que é D. Rodrigo César
(fidalgo dos mais honrados)...
– Ai, que é Sebastião Fernandes
(com muitos crimes passados!)
Ai, que o Monarca procura
os que vão ser castigados.

(E diz um homem que a troca,
dentro dos caixões fechados,
obra foi da Providência
contra o Rei, mais seus pecados...
Ai, que tanta arroba de ouro

deixa os sertões extenuados...
Ai, que tudo é muito longe,
e os reis têm olhos fechados...
Ai, que a Providência fala
pelos homens desgraçados...)

Sebastião Fernandes Rego
andara pelos povoados
com grandes olhos severos,
sempre a perseguir malvados.
Ai, porém só perseguia
bandidos endinheirados...
Ai, conhecia os segredos
dos cofres aferrolhados...
E ai! trocara em grãos de chumbo
o ouro, nos caixões selados...

Romance VII ou
Do negro nas catas

Já se ouve cantar o negro,
mas inda vem longe o dia.
Será pela estrela-d'alva,
com seus raios de alegria?
Será por algum diamante
a arder, na aurora tão fria?

Já se ouve cantar o negro,
pela agreste imensidão.
Seus donos estão dormindo:
quem sabe o que sonharão!
Mas os feitores espiam,
de olhos pregados no chão.

Já se ouve cantar o negro.
Que saudade, pela serra!
Os corpos, naquelas águas,
– as almas, por longe terra.
Em cada vida de escravo,
que surda, perdida guerra!

Já se ouve cantar o negro.
Por onde se encontrarão
essas estrelas sem jaça
que livram da escravidão,
pedras que, melhor que os homens,
trazem luz no coração?

Já se ouve cantar o negro.
Chora neblina, a alvorada.
Pedra miúda não vale:

liberdade é pedra grada...
(A terra toda mexida,
a água toda revirada...

Deus do céu, como é possível
penar tanto e não ter nada!)

Romance VIII ou Do Chico Rei

Tigre está rugindo
nas praias do mar.
Vamos cavar a terra, povo,
entrar pelas águas:
o Rei pede mais ouro, sempre,
para Portugal.

O trono é de lua,
de estrela e de sol.
Vamos abrir a lama, povo,
remexer cascalho,
guarda na carapinha, negra,
o véu do ouro em pó!

Muito longe, em Luanda,
era bom viver.
Bate a enxada comigo, povo,
desce pelas grotas!
– Lá na banda em que corre o Congo
eu também fui Rei.

Toda a terra é mina:
o ouro se abre em flor...
Já está livre o meu filho, povo,
– vinde libertar-nos,
que éreis, meu Príncipe, cativo,
e ora forro sois!

Mais ouro, mais ouro,
ainda vêm buscar.
Dobra a cabeça, e espera, povo,

que este cativeiro
já nos escorrega dos ombros,
já não pesa mais!

Olha a festa armada:
é vermelha e azul.
Canta e dança agora, meu povo,
livres somos todos!
Louvada a Virgem do Rosário,
vestida de luz.

Tigre está rugindo
nas praias do mar...
Hoje, os brancos também, meu povo,
são tristes cativos!
Virgem do Rosário, deixai-nos
descansar em paz.

Romance IX ou
De vira-e-sai

Santa Ifigênia, princesa núbia,
desce as encostas, vem trabalhar,
por entre as pedras, por entre as águas,
com seu poder sobrenatural.

Santa Ifigênia levanta o facho,
procura a mina do Chico Rei:
negros tão dentro da serra negra
que a Santa negra quase os não vê.

Ai destes homens, princesa núbia,
rompendo as brenhas, pensando em vós!
Que as vossas joias, que as vossas flores
aqui se ganham com ferro e suor!

Santa Ifigênia, princesa núbia,
pisa na mina do Chico Rei.
Folhagens de ouro, raízes de ouro
nos seus vestidos se vêm prender.

Santa Ifigênia fica invisível,
entre os escravos, de sol a sol.
Ouvem-se os negros cantar felizes.
Toda a montanha faz-se ouro em pó.

Ninguém descobre a princesa núbia,
na vasta mina do Chico Rei.
Depois que passam o sol e a lua,
Santa Ifigênia passa, também.

Santa Ifigênia, princesa núbia,
sobe a ladeira quase a dançar.
O ouro sacode dos pés, do manto,
chama seus anjos, e vira-e-sai.

Romance X ou
Da donzelinha pobre

Donzelinha, donzelinha
dos grandes olhos sombrios,
teus parentes andam longe,
pelas serras, pelos rios,
tentando a sorte nas catas,
em barrancos já vazios!

Donzelinha, donzelinha,
mira os santos nos altares,
que apontam, compadecidos,
para celestes lugares,
onde são de ouro e diamante
quantas lágrimas chorares!

Donzelinha, donzelinha,
fecha esses olhos sombrios.
As montanhas são tão altas!
Os ribeiros são tão frios!
O reino de Deus, tão longe
dos humanos desvarios!

Romance XI ou
Do punhal e da flor

Rezando estava a donzela,
rezando diante do altar.
E como a viam mirada
pelo Ouvidor Bacelar!
Foi pela Semana Santa.
E era sagrado, o lugar.

Muito se esquecem os homens,
quando se encantam de amor.
Mirava em sonho, a donzela,
o enamorado Ouvidor.
E em linguagem de amoroso
arremessou-lhe uma flor.

Caiu-lhe a rosa no colo.
Girou malícia pelo ar.
Vem, raivoso, Felisberto,
seu parente, protestar.
E era na Semana Santa.
E estavam diante do altar.

Mui formosa era a donzela.
E mui formosa era a flor.
Mas sempre vai desventura
onde formosura for.
Vede que punhal rebrilha
na mão do Contratador!

Sobe pela rua a tropa
que já se mandou chamar.
E era à saída da igreja,

depois do ofício acabar.
Vede a mão que há pouco esteve
contrita, diante do altar!

Num botão resvala o ferro:
e assim se salva o Ouvidor.
Todo o Tejuco murmura,
– uns por ódio, uns por amor.
Subir um punhal nos ares,
por ter descido uma flor!

Romance XII ou
De Nossa Senhora da Ajuda

Havia várias imagens
na capela do Pombal:
e portada de cortinas
e sanefa de damasco
e, no altar, o seu frontal.

São Francisco, Santo Antônio
olhavam para Jesus
que explicava, noite e dia,
com sua simples presença,
a aprendizagem da cruz.

Havia prato e galhetas,
panos roxos e missal;
e dois castiçais de estanho
e vozes puxando rezas,
na capela do Pombal.

(Pequenas imagens
de pouco valor,
os Santos, a Virgem
e Nosso Senhor.)

Aquilo que mais valia
na capela do Pombal
era a Senhora da Ajuda,
com seu cetro, com seu manto,
com seus olhos de cristal.

Sete crianças, na capela,
rezavam, cheias de fé,

à grande Santa formosa.
Eram três de cada lado,
os filhos do almotacé.

Suplicam as sete crianças
que a Santa as livre do mal.
Três meninas, três meninos...
E um grande silêncio reina
na capela do Pombal.

(Mas esse, do meio,
tão sério, quem é?
– Eu, Nossa Senhora,
sou Joaquim José.)

Ah! como ficam pequenos
os doces poderes seus!
Este é sem Anjo da Guarda,
sem estrela, sem madrinha...
Que o proteja a mão de Deus!

Diante deste solitário,
na capela do Pombal,
Nossa Senhora da Ajuda
é uma grande imagem triste,
longe do mundo mortal.

(Nossa Senhora da Ajuda,
entre os meninos que estão
rezando aqui na capela,
um vai ser levado à forca,
com baraço e com pregão!)

(Salvai-o, Senhora
com o vosso poder,
do triste destino
que vai padecer!)

(Pois vai ser levado à forca,
para morte natural,
esse que não estais ouvindo,
tão contrito, de mãos postas,
na capela do Pombal!)

Sete crianças se levantam.
Todas sete estão de pé,
fitando a Santa formosa,
de cetro, manto e coroa.
– No meio, Joaquim José.

(Agora são tempos de ouro.
Os de sangue vêm depois.
Vêm algemas, vêm sentenças,
vêm cordas e cadafalsos,
na era de noventa e dois.)

(Lá vai um menino
entre seis irmãos.
Senhora da Ajuda,
pelo vosso nome,
estendei-lhe as mãos!)

Romance XIII ou Do Contratador Fernandes

Eis que chega ao Serro Frio,
à terra dos diamantes,
o Conde de Valadares,
fidalgo de nome e sangue,
José Luís de Meneses
de Castelo Branco e Abranches.
Ordens traz do grão Ministro
de perseguir João Fernandes.
Tudo pela febre e o medo
do ouro – febre e medo que, antes,
deceparam no ar a estrela
dos contratadores Brantes.

Chega o Conde mui cansado.
Chega o Conde mui fingido.
(Ai, quem possuíra a riqueza
que borbulha no Distrito,
– sem descer do seu cavalo...
– sem meter os pés no rio...
Quem, do dia para a noite,
ficara podre de rico!)
Lá vem cavalgando o Conde,
com modo imponente e altivo.
Lá vem cobrindo o Tejuco
seu cobiçoso suspiro.

– Conde, por que estais tão triste?
Confessai-me a vossa pena.
(Assim fala João Fernandes,
dono da terra opulenta.)

Aqui tendes meu palácio,
os vinhos da minha mesa,
os meus espelhos dourados,
cama coberta de seda,
o aroma da minha quinta,
a minha capela acesa,
e, fora a Chica da Silva,
minhas mulatas e negras.

Poderoso e hospitaleiro,
assim João Fernandes fala.
Suspira o Conde enganoso.
Já vos digo o que pensava:

> *"Deste Tejuco não volto*
> *sem ter metade das lavras,*
> *metade das lavras de ouro,*
> *mais outro tanto das catas;*
> *sem meu cofre de diamantes,*
> *todos estrelas sem jaça,*
> *– que para os nobres do Reino*
> *é que este povo trabalha!"*

Continuava João Fernandes,
tratando-o em termos de amigo:
– Vinde ver minhas cascatas,
minhas conchas, meu navio!
Se o Burgalhau vos desgosta,
cortá-lo-ei deste caminho,
– pois damos ordens à terra,
mudamos o curso aos rios,
atravessamos as rochas,
saltamos sobre os abismos,
e, na vida que levamos,
só temos certo – o perigo.

Escutava o Conde, imóvel,
como quem traz seu segredo.
Bem sabe as ordens escritas
que existem, para prendê-lo,
caso resista ao convite
de ir prestar contas ao Reino.
Escutava o Conde infido,
calculando voz e jeito
com que comover Fernandes,
subjugando-o a seu desejo,
arrancando-lhe ouro e pedras
como qualquer bandoleiro.

De cotovelo na mesa,
e, grave, inclinando a face,
ao Contratador responde
o astucioso Valadares:
– Pelas provas que já tenho
da vossa honrosa amizade,
dir-vos-ei que muito sofro
a longura desta viagem.
Com as inconstâncias do tempo,
minha casa se debate:
que a Fortuna raramente
favorece os que mais valem!

Pensativo, João Fernandes,
dizem que assim lhe responde:
– A Fortuna é sempre cega,
e vária, a sorte dos homens.
Inda que aos da vossa raça
nem deslustre nem desonre
o Fado, com seus contrastes,
quero segurar-vos, Conde,
que em mim tendes um amigo,
entre os vossos servidores.

Alegrai, porém, os olhos,
que alegrareis tudo, ao longe.

– Vinde esquecer a tristeza
ao calor do meu teatro,
onde representam vivos
os dramas de Metastásio
glórias e vícios do mundo
em luminoso retrato.
Vinde espairecer os sonhos,
e distrair os cuidados.
Nas palavras dos poetas
reclinai vosso cansaço.
Estes sítios tornam doce
o coração mais amargo!

Mas em vão fala Fernandes
palavras de tanto acerto.
Sério permanece o Conde,
carregando o sobrecenho.
E quando, à mesa, mais tarde,
com Fernandes toma assento,
não se lhe ilumina o rosto
com o claro cristal aceso
dos finos vinhos copiosos.
Que desejo, que tormento
ensombra a luz de seus olhos
entre os dourados espelhos?

Mas, depois de fruta e doce,
mas, depois de doce e fruta,
colocam diante do Conde
uma terrina ampla e funda,
para que os dedos distraia
de saudades e de angústias...
Agora, o jovem fidalgo

descerra a máscara astuta:
entre suspiro e sorriso,
toma nas mãos e calcula
os folhelhos de ouro, e acalma
a fingida desventura.

(Ai, ouro negro das brenhas,
ai, ouro negro dos rios...
Por ti trabalham os pobres,
por ti padecem os ricos.
Por ti, mais por essas pedras
que, com seu límpido brilho,
mudam a face do mundo,
tornam os reis intranquilos!
Em largas mesas solenes,
vão redigindo os ministros
cartas, alvarás, decretos,
e fabricando delitos.)

Romance XIV ou
Da Chica da Silva

(Isso foi lá para os lados
do Tejuco, onde os diamantes
transbordavam do cascalho.)

Que andor se atavia
naquela varanda?
É a Chica da Silva:
é a Chica-que-manda!

Cara cor da noite,
olhos cor de estrela.
Vem gente de longe
para conhecê-la.

(Por baixo da cabeleira,
tinha a cabeça rapada
e até dizem que era feia.)

Vestida de tisso,
de raso e de holanda,
– é a Chica da Silva:
é a Chica-que-manda!

Escravas, mordomos
seguem, como um rio,
a dona do dono
do Serro do Frio.

(Doze negras em redor,
– como as horas, nos relógios.
Ela, no meio, era o sol!)

Um rio que, altiva,
dirige e comanda
a Chica da Silva,
a Chica-que-manda.

Esplendem as pedras
por todos os lados:
são flechas em selvas
de leões marchetados.

(Diamantes eram, sem jaça,
por mais que muitos quisessem
dizer que eram pedras falsas.)

Mil luzeiros chispam,
à flexão mais branda
da Chica da Silva,
da Chica-que-manda!

E curvam-se, humildes,
fidalgos farfantes,
à luz dessa incrível
festa de diamantes.

(Olhava para os reinóis
e chamava-os "marotinhos"!
Quem viu desprezo maior?)

Gira a noite, gira,
dourada ciranda
da Chica da Silva,
da Chica-que-manda!

E em tanque de assombro
veleja o navio
da dona do dono
do Serro do Frio.

(Dez homens o tripulavam,
para que a negra entendesse
como andam barcos nas águas.)

Aonde o leva a brisa
sobre a vela panda?
– À Chica da Silva:
à Chica-que-manda.

À Vênus que afaga,
soberba e risonha,
as luzentes vagas
do Jequitinhonha.

(À Rainha de Sabá,
num vinhedo de diamantes
poder-se-ia comparar.)

Nem Santa Ifigênia,
toda em festa acesa,
brilha mais que a negra
na sua riqueza.

Contemplai, branquinhas,
na sua varanda,
a Chica da Silva,
a Chica-que-manda!

(Coisa igual nunca se viu.
Dom João Quinto, rei famoso,
não teve mulher assim!)

Romance XV ou
Das cismas da Chica da Silva

Na sua cama dourada,
Chica da Silva não dorme.
Pensa nas falas do Conde,
pensa no ouro, e desta sorte
aconselha a João Fernandes:
– Hoje, todo o mundo corre,
Senhor, atrás de riquezas:
nem é doutro mal que sofre
esse vosso falso amigo,
esse Conde de má morte.
Quem sabe o que o traz tão longe?
Quais serão as suas ordens?

E o Contratador responde
(imagino o que dizia):
– O Conde de Valadares
de mágoa e pesar definha,
por ter a família ausente
e a nobre Casa em ruínas.
Aqueles folhelhos de ouro
iluminaram-lhe a vista.
Se é de pobreza que sofre,
que custa, dar-lhe alegria?
Não se há de dizer que a um nobre
não deram socorro as Minas...

Responde a Chica da Silva
(assim dizem que pensava):
– Estes marotos do Reino

só chegam por estas lavras
para recolher o fruto
das grotas e das gupiaras.
Eles gastando na corte,
e a Morte aqui pelas catas,
desmoronando barrancos,
engrossando as enxurradas...
Não sei que tem este Conde:
não gosto da sua cara!

E assim vão passando os dias.
E o Conde de Valadares,
que chegara tão sombrio,
– pela liberalidade
do Contratador Fernandes
vai perdendo seus pesares.
Em caçadas e passeios,
galga serras, desce vales,
manda lapidar diamantes
por flamengo lapidário,
e – ao ter a fortuna feita –
adeus, formosos lugares!

E diz a Chica da Silva
ao ricaço do Tejuco:
– Eu neste Conde não creio;
com seus modos não me iludo;
detrás de suas palavras,
anda algum sentido oculto.
Os homens, à luz do dia,
olham bem, mas não veem muito:
dentro de quatro paredes,
as mulheres sabem tudo.
Deus me perdoe, mas o Conde
vem cá por outros assuntos.

Assim murmurava a Chica.
E as mulheres não se enganam.
João Fernandes escutava-a
mais simples do que uma criança.
Iam girando as bateias,
ia crescendo a abundância,
iam subindo as gupiaras:
braço, almocafre, alavanca
reviravam pela terra
a sementeira de chamas
para as futuras florestas
de fogo que se levantam...

Romance XVI ou
Da traição do Conde

Já chega um próprio de longe:
já chega um próprio a cavalo,
por entre nuvens de poeira
e montanhas de cascalho,
e a negrada que se volve
de almocafres levantados,
e a algazarra de protesto
dos grandes cães alarmados,
sob o espanto dos tropeiros,
e a alegria dos vassalos
que esperam novas da Vila.
Chega e apeia-se de um salto.

À porta de João Fernandes,
para, em demanda do Conde.
Sacode o chapéu e as botas,
conta mentiras de longe,
enquanto o cavalo bebe,
na água, as nuvens do horizonte.
Que novas serão chegadas?
Que novas traz aquele homem?
O Conde a andar pela sala,
com um fundo sulco na fronte.
Soam-lhe os passos nas tábuas
como passadas de bronze.

Mas, entre as doze mulatas
que a servem, resmunga a Chica:
"Oxalá não traga o próprio
más novidades da Vila.
Tenho o coração parado

como se não fosse viva.
Que este maroto, do Reino
ao Tejuco, não viria,
senão por algum segredo,
por alguma fina intriga.
Vamos a ver se minha alma
fala verdade ou mentira".

Na sala passeia o Conde,
para trás e para diante.
– Por que me levais, amigo?
(Era a voz de João Fernandes.)
Dei-vos o ouro que quisestes;
ouro vos dei, mais diamantes,
para a Casa dos Meneses
de Castelo Branco e Abranches
não soçobrar arruinada
enquanto andáveis distante.
Como me levais agora
a prestar contas com os Grandes?

Fala o Conde de má morte:
– Ordens são, que hoje recebo...
Fala o Conde mui fingido:
– Padece por vós meu zelo:
de um lado, o dever de amigo,
mas, de outro, a lealdade ao Reino...
João Fernandes não responde:
ouve e recorda em silêncio
o que lhe dissera a Chica,
em tom de pressentimento.
Como as palavras se torcem,
conforme o interesse e o tempo!

(Como se fazem de honrados
os Condes, de bolsos cheios!)

Romance XVII ou
Das lamentações no Tejuco

Ai, que rios caudalosos,
e que montanhas tão altas!
Ai, que perdizes nos campos,
e que rubras madrugadas!
Ai, que rebanhos de negros,
e que formosas mulatas!
Ai, que chicotes tão duros,
e que capelas douradas!
Ai, que modos tão altivos,
e que decisões tão falsas...
Ai, que sonhos tão felizes...
que vidas tão desgraçadas!

E lá seguiu para a Corte
o dono do Serro Frio.
Com suas doze mucamas,
ficava a Chica em suspiros.
Grossas vagas tenebrosas
nascem no humano destino!
Uns, ali, nas rudes catas,
a apodrecerem nos rios,
– e outros, ao longe, com os lucros
dessas minas de martírio.
Ai, que o coração não mente!

Maldito o Conde, e maldito
esse ouro que faz escravos,
esse ouro que faz algemas,
que levanta densos muros

para as grades das cadeias,
que arma nas praças as forcas,
lavra as injustas sentenças,
arrasta pelos caminhos
vítimas que se esquartejam!

(Doze mucamas em volta
gemiam com surda pena.
Pranto e diamantes caídos
era tudo um mar de estrelas.)

Romance XVIII ou
Dos velhos do Tejuco

Ainda vai chegar o dia
de nos virem perguntar:
– Quem foi a Chica da Silva,
que viveu neste lugar?

(Que tudo passa...
O prazer é um intervalo
na desgraça...)

Já vereis noutro navio,
levado por homens grandes,
igual a um negro fugido,
o Contratador Fernandes.

(Que tudo acaba!
Quem diz que montanha de ouro
não desaba?)

Se o vento dá no Tejuco,
leva coluna e varanda,
leva a pompa, leva o luxo
e mais a Chica-que-manda.

(Que tudo engana.
Gente, só a morte, mesmo,
é soberana!)

Nós aqui movendo as águas
e as pedras, desta maneira!
– Pois não deixaremos nada:
nem o nome da caveira.

(Que a nossa vida
é a mesma coisa que a morte,
– noutra medida...)

Mas os homens e as mulheres
vivem neste desvario...
Não há febre como a febre
que corta o Serro do Frio...

Romance XIX ou
Dos maus presságios

Acabou-se aquele tempo
do Contratador Fernandes.
Onde estais, Chica da Silva,
cravejada de brilhantes?
Não tinha, Santa Ifigênia,
pedras tão bem lapidadas,
por lapidários de Flandres...

Sobre o tempo vem mais tempo.
Mandam sempre os que são grandes:
e é grandeza de ministros
roubar hoje como dantes.
Vão-se as minas nos navios...
Pela terra despojada,
ficam lágrimas e sangue.

Ai, quem se opusera ao tempo,
se houvesse força bastante
para impedir a desgraça
que aumenta de instante a instante!
Tristes donzelas sem dote
choram noivos impossíveis,
em sonhos fora do alcance.

Mas é direção do tempo...
E a vida, em severos lances,
empobrece a quem trabalha
e enriquece os arrogantes
fidalgos e flibusteiros
que reinam mais que a Rainha
por estas minas distantes!

Cenário

Eis a estrada, eis a ponte, eis a montanha
sobre a qual se recorta a igreja branca.

Eis o cavalo pela verde encosta.
Eis a soleira, o pátio, e a mesma porta.

E a direção do olhar. E o espaço antigo
para a forma do gesto e do vestido.

E o lugar da esperança. E a fonte. E a sombra.
E a voz que já não fala, e se prolonga.

E eis a névoa que chega, envolve as ruas,
move a ilusão de tempos e figuras.

– A névoa que se adensa e vai formando
nublados reinos de saudade e pranto.

Fala à antiga Vila Rica

Como estes rostos
dos chafarizes,
foram cobertos
os vossos olhos
de véus de limo,
de musgo e liquens,
paralisados
no frio tempo,
fora das sombras
que o sol regula.

Mas, ai! não fala
a vossa língua
como estas fontes,
– palavras d'água,
rápidas, claras,
precipitadas,
intermináveis.

Ou fala? E apenas
o nosso ouvido,
na terra surda
que os homens pisam,
já nada entende
do vosso longo,
triste discurso,
– amáveis sombras
que aqui jogastes
vosso destino,
na obrigatória,
total aposta
que às vezes fazem
secretas vidas,
por sobre-humanas
fatalidades?

Romance XX ou Do país da Arcádia

O país da Arcádia
jaz dentro de um leque:
existe ou se acaba
conforme o decrete
a Dona que o entreabra,
a Sorte que o feche.

É sonho que guarda
em pálpebra leve,
diáfana e parada,
a emoção campestre
de suspiro d'água
em flor que fenece.
– Desejo que afaga.
– Dom que se oferece.
(Ó rápida aljava,
não sejas tão breve,
que o amor chega, passa
e logo se esquece!)

O país da Arcádia
jaz dentro de um leque:
sob mil grinaldas,
verde-azul floresce.
Por ele resvala,
resvala e se perde,
a aérea palavra
que o zéfiro escreve.
A luz é sem data.
Nomes aparecem
nas fitas que esvoaçam:

Marília, Glauceste,
Dirceu, Nise, Anarda...
– O bosque estremece:
nos arroios, claras
ovelhinhas bebem.
Sanfonas e frautas
suspiros repetem.

O país da Arcádia,
súbito, escurece,
em nuvem de lágrimas.
Acabou-se a alegre
pastoral dourada:
pelas nuvens baixas,
a tormenta cresce.

(O tempo é indelével,
mas não há mais nada.
Em cinza adormece
a festa de nácar,
o assomo celeste
do país da Arcádia,
no partido leque...)

Romance XXI ou
Das ideias

A vastidão desses campos.
A alta muralha das serras.
As lavras inchadas de ouro.
Os diamantes entre as pedras.
Negros, índios e mulatos.
Almocafres e gamelas.

Os rios todos virados.
Toda revirada, a terra.
Capitães, governadores,
padres, intendentes, poetas.
Carros, liteiras douradas,
cavalos de crina aberta.
A água a transbordar das fontes.
Altares cheios de velas.
Cavalhadas. Luminárias.
Sinos. Procissões. Promessas.
Anjos e santos nascendo
em mãos de gangrena e lepra.
Finas músicas broslando
as alfaias das capelas.
Todos os sonhos barrocos
deslizando pelas pedras.
Pátios de seixos. Escadas.
Boticas. Pontes. Conversas.
Gente que chega e que passa.
E as ideias.

Amplas casas. Longos muros.
Vida de sombras inquietas.
Pelos cantos das alcovas,
histerias de donzelas.
Lamparinas, oratórios,
bálsamos, pílulas, rezas.
Orgulhosos sobrenomes.
Intricada parentela.
No batuque das mulatas,
a prosápia degenera:
pelas portas dos fidalgos,
na lã das noites secretas,
meninos recém-nascidos
como mendigos esperam.
Bastardias. Desavenças.
Emboscadas pela treva.
Sesmarias. Salteadores.
Emaranhadas invejas.
O clero. A nobreza. O povo.
E as ideias.

E as mobílias de cabiúna.
E as cortinas amarelas.
D. José. D. Maria.
Fogos. Mascaradas. Festas.
Nascimentos. Batizados.
Palavras que se interpretam
nos discursos, nas saúdes...
Visitas. Sermões de exéquias.
Os estudantes que partem.
Os doutores que regressam.
(Em redor das grandes luzes,
há sempre sombras perversas.

Sinistros corvos espreitam
pelas douradas janelas.)
E há mocidade! E há prestígio.
E as ideias.

As esposas preguiçosas
na rede embalando as sestas.
Negras de peitos robustos
que os claros meninos cevam.
Arapongas, papagaios,
passarinhos da floresta.
Essa lassidão do tempo
entre embaúbas, quaresmas,
cana, milho, bananeiras
e a brisa que o riacho encrespa.
Os rumores familiares
que a lenta vida atravessam:
elefantíases; partos;
sarna; torceduras; quedas;
sezões; picadas de cobras;
sarampos e erisipelas...
Candombeiros. Feiticeiros.
Unguentos. Emplastos. Ervas.
Senzalas. Tronco. Chibata.
Congos. Angolas. Benguelas.
Ó imenso tumulto humano!
E as ideias.

Banquetes. Gamão. Notícias.
Livros. Gazetas. Querelas.
Alvarás. Decretos. Cartas.
A Europa a ferver em guerras.
Portugal todo de luto:
triste Rainha o governa!
Ouro! Ouro! Pedem mais ouro!
E sugestões indiscretas:

tão longe o trono se encontra!
Quem no Brasil o tivera!
Ah, se D. José II
põe a coroa na testa!
Uns poucos de americanos,
por umas praias desertas,
já libertaram seu povo
da prepotente Inglaterra!
Washington. Jefferson. Franklin.
(Palpita a noite, repleta
de fantasmas, de presságios...)
E as ideias.

Doces invenções da Arcádia!
Delicada primavera:
pastoras, sonetos, liras,
– entre as ameaças austeras
de mais impostos e taxas
que uns protelam e outros negam.
Casamentos impossíveis.
Calúnias. Sátiras. Essa
paixão da mediocridade
que na sombra se exaspera.
E os versos de asas douradas,
que amor trazem e amor levam...
Anarda. Nise. Marília...
As verdades e as quimeras.
Outras leis, outras pessoas.
Novo mundo que começa.
Nova raça. Outro destino.
Plano de melhores eras.
E os inimigos atentos,
que, de olhos sinistros, velam.
E os aleives. E as denúncias.
E as ideias.

Romance XXII ou
Do diamante extraviado

Um negro desceu do Serro.
(E era um negro alto bastante.)
Vinha escondido no negro
certo diamante.

(Como a noite negra leva
um luminoso planeta
parado na sua treva.)

Um negro desceu do Serro.
Tinha roupa de encerado,
com forro azul de vaqueta:
e está provado
que o negro desceu do Serro
para vender o diamante.
Sabe-se-lhe o peso e o preço,
e que o viajante,
esse tal negro do Serro,
pode ainda ser encontrado,
se à Vila mandam depressa
algum soldado.

(Mas quem é que tem coragem
de fazer parar o negro
nessa escandalosa viagem?)

Um negro desceu do Serro.
Toda a Vila, vigilante,
viu que brilhava no negro
certo diamante.
Se o negro o trouxe do Serro,

devia ser condenado.
Mas todo o mundo tem medo,
e está calado.
Que o negro desceu do Serro
mais que os brancos arrogante.
Vende a pedra com sossego
e passa adiante.

(E mais ninguém, lá na Vila,
por essa pedra extraviada,
pode ter vida tranquila!)

Um negro desceu do Serro,
soberbamente montado.
Ninguém dorme, com o desejo
alvoroçado...

(Com grandes penas de pato,
os mais invejosos fazem
seu minucioso relato...)

Romance XXIII ou
Das exéquias do Príncipe

Já plangem todos os sinos,
pelo Príncipe, que é morto.
Como um filho de Rainha
pode assim morrer tão moço?
Dizem que foi de bexigas;
de veneno – dizem outros –
que lhe deram os ministros
para o não verem no trono.
Triste ano para a esperança,
este ano de 88!

Triste ano por estas Minas,
onde existem vários loucos
que do Príncipe esperavam
governo mais a seu gosto:
maçoes de França e Inglaterra,
libertinos sem decoro,
homens de ideias modernas,
coronéis, vigários doutos,
finos ministros e poetas
que fazem versos e roubos.

Já plangem todos os sinos!
Já repercutem os morros.
(Deus sabe por que se chora,
por que há vestidos de nojo!
O padre que lê Voltério
é que vem pregar ao povo!
Estas Minas enganosas
andam cheias de maus sonhos.

Já ninguém quer ser vassalo.
Todos se sentem seus donos!)

Correm avisos nos ares.
Há mistério, em cada encontro.
O Visconde, em seu palácio,
a fazer ouvidos moucos.
Quem sabe o que andam planeando,
pelas Minas, os mazombos?
A palavra Liberdade
vive na boca de todos:
quem não a proclama aos gritos,
murmura-a em tímido sopro.

Já plangem todos os sinos,
pelo Príncipe, que é morto.
Ó grande melancolia!
Ó profundíssimo assombro!
– Perdida a oportunidade
para qualquer alvoroço.
Lá se foi quem poderia
governar o tempo novo!
Lá se foi com seus poderes,
para mundo sem retorno.

Ai, terras de Vila Rica,
os tempos andam revoltos!
Neste levante das almas,
trabalham sábios e tolos.
Uns avançam com prudência,
outros partem, com denodo.
E alguns, de esguelha, calculam,
com finos olhares torvos:
da sorte dos companheiros
fazem seu negócio e jogo.

Já plangem todos os sinos!
Cobri-vos, montes, de roxo!
Calai, mulheres e crianças,
que o vosso é mal sem socorro!
Exéquias hoje rezadas
serão vossas, dentro em pouco.
Morto o Príncipe, já tudo
é loucura e desacordo...
(Perdeu-se a oportunidade,
neste ano de 88!)

Romance XXIV ou
Da bandeira da Inconfidência

Através de grossas portas,
sentem-se luzes acesas,
– e há indagações minuciosas
dentro das casas fronteiras:
olhos colados aos vidros,
mulheres e homens à espreita,
caras disformes de insônia,
vigiando as ações alheias.
Pelas gretas das janelas,
pelas frestas das esteiras,
agudas setas atiram
a inveja e a maledicência.
Palavras conjeturadas
oscilam no ar de surpresas,
como peludas aranhas
na gosma das teias densas,
rápidas e envenenadas,
engenhosas, sorrateiras.

Atrás de portas fechadas,
à luz de velas acesas,
brilham fardas e casacas,
junto com batinas pretas.
E há finas mãos pensativas,
entre galões, sedas, rendas,
e há grossas mãos vigorosas,
de unhas fortes, duras veias,
e há mãos de púlpito e altares,
de Evangelhos, cruzes, bênçãos.
Uns são reinóis, uns, mazombos;

e pensam de mil maneiras;
mas citam Vergílio e Horácio,
e refletem, e argumentam,
falam de minas e impostos,
de lavras e de fazendas,
de ministros e rainhas
e das colônias inglesas.

Atrás de portas fechadas,
à luz de velas acesas,
uns sugerem, uns recusam,
uns ouvem, uns aconselham.
Se a derrama for lançada,
há levante, com certeza.
Corre-se por essas ruas?
Corta-se alguma cabeça?
Do cimo de alguma escada,
profere-se alguma arenga?
Que bandeira se desdobra?
Com que figura ou legenda?
Coisas da Maçonaria,
do Paganismo ou da Igreja?
A Santíssima Trindade?
Um gênio a quebrar algemas?

Atrás de portas fechadas,
à luz de velas acesas,
entre sigilo e espionagem,
acontece a Inconfidência.
E diz o Vigário ao Poeta:
"Escreva-me aquela letra
do versinho de Vergílio..."
E dá-lhe o papel e a pena.
E diz o Poeta ao Vigário,
com dramática prudência:

"Tenha meus dedos cortados,
antes que tal verso escrevam..."
LIBERDADE, AINDA QUE TARDE,
ouve-se em redor da mesa.
E a bandeira já está viva,
e sobe, na noite imensa.
E os seus tristes inventores
já são réus – pois se atreveram
a falar em Liberdade
(que ninguém sabe o que seja).

Através de grossas portas,
sentem-se luzes acesas,
– e há indagações minuciosas
dentro das casas fronteiras.
"Que estão fazendo, tão tarde?
Que escrevem, conversam, pensam?
Mostram livros proibidos?
Leem notícias nas Gazetas?
Terão recebido cartas
de potências estrangeiras?"
(Antiguidades de Nîmes
em Vila Rica suspensas!
Cavalo de La Fayette
saltando vastas fronteiras!
Ó vitórias, festas, flores
das lutas da Independência!
Liberdade – essa palavra
que o sonho humano alimenta:
que não há ninguém que explique,
e ninguém que não entenda!)

E a vizinhança não dorme:
murmura, imagina, inventa.
Não fica bandeira escrita,
mas fica escrita a sentença.

Romance XXV ou Do aviso anônimo

Veio uma carta de longe,
não se sabe de que mão.
Atravessou esses campos,
caiu como flor ao vento
sobre a Vila de São João.

Correi, senhores da terra,
Ouvidor e Coronéis,
enterrai vossas riquezas,
mandai para longe os trastes,
escondei vossos papéis.

Veio uma carta de longe.
Aproximai-vos e ouvi:
fala de rios propínquos,
rios de lágrima e sangue
que vão correr por aqui.

Parte, cabra, vai-te embora,
vai levar a teu patrão
as notícias que chegaram
sobre a desgraça que cerca
este povo de São João.

Veio uma carta de longe.
O que dizia, não sei.
Há calúnias, há suspeitas...
(Vede as janelas fechadas!
Confabulam! Querem Rei!)

Escondei joias e alfaias!
(Que tropa é que vai chegar?)
Parece que vão ser presos
os grandes, os poderosos,
os donos deste lugar.

Veio uma carta de longe.
Abriu-se muito colchão,
queimou-se o que estava escrito,
escreveu-se o que era falso,
nesta Vila de São João.

E o Lenheiro vai correndo
como fita de cristal
sobre as pedras, sob as pontes,
entre o rumor e o silêncio
do sobressalto geral.

Veio uma carta de longe.
– Fortes ecos tem a dor!
que os escravos já souberam,
no fundo de suas brenhas
desse aviso de terror...

Mas os meninos risonhos
pelas varandas estão
– quase órfãos! – mirando as nuvens,
como os belos anjos de ouro
das igrejas de São João.

Romance XXVI ou
Da Semana Santa de 1789

Lembrai-vos dos altares,
destes anjos e santos,
com seus olhos audazes
nos mundos sobre-humanos.

(Haverá sombra e umidade
em vossas pálpebras tristes,
com o céu preso numa grade.)

Vede esses panos roxos
que envolvem as imagens!
Desaparecem todos
os vultos, em saudade.

(Lutuoso véu de horizonte
aguarda a fria fadiga
da vossa pálida fronte.)

Recordai pelos ares
o alvo incenso que sobe.
Que diáfana paragem
atingirá quem sofre?

(Os pensamentos mais puros
estremecerão fechados
por inabaláveis muros.)

Oh!, como é triste a carne,
e triste o sangue, e o pranto
com que Deus se reparte,
incompreendido e manso.

(Como pedras sem ruído
cairão as vossas rezas
por desertos sem ouvido.)

Pois o amor não é doce,
pois o bem não é suave,
pois amanhã, como ontem,
é amarga, a Liberdade.

(Gemei, sobre estes Ofícios,
que eles são, transfigurados,
vossos próprios sacrifícios.)

Romance XXVII ou
Do animoso Alferes

Pelo monte claro,
pela selva agreste
que março, de roxo,
místico enfloresce,
cavalga, cavalga
o animoso Alferes.

Não há planta obscura
que por ali medre
de que desconheça
virtude que encerre,
– ele, o curandeiro
de chagas e febres,
o hábil Tiradentes,
o animoso Alferes.

Por aqui, descansa;
ali, se despede,
que por toda parte
o povo o conhece.
Adeuses e adeuses,
sinceros e alegres:
a amigos, mulatas,
cativos e chefes,
coronéis, doutores,
padres e almocreves...
Adeuses e adeuses,
– que rápido segue,
a mover os rios,
a botar moinhos
e barcos a frete,
lá longe, lá longe,
o animoso Alferes.

A bússola mira.
Toma para leste.
Dez dias de marcha
até que atravesse
campinas e montes
que com os olhos mede:
tão verdes... tão longos...
(E ninguém percebe
como é necessário
que terra tão fértil,
tão bela e tão rica
por si se governe!)
Águas de ouro puro
seu cavalo bebe.
Entre sede e espuma,
os diamantes fervem...
(A terra tão rica
e – ó almas inertes! –
o povo tão pobre...
Ninguém que proteste!
Se fossem como ele,
a alto sonho entregue!)
Suspiram as aves.
A tarde escurece.
(Voltará fidalgo,
livre de reveses,
com tantos cruzados...)
Discute. Reflete.
Brinda aos novos tempos!
Soldados, mulheres,
estalajadeiros,
– a todos diverte.
(Por todos trabalha,
a todos promete
sossego e ventura
o animoso Alferes.)

No rancho descansa.
Deita-se. Adormece.

Penosa, a jornada,
mas o sono, leve:
qualquer sopro acorda
o animoso Alferes.
Deus, no céu revolto,
seu destino escreve.
Embaixo, na terra,
ninguém o protege:
é o talpídeo, o louco,
– o animoso Alferes.

*

Mas, dourado e roxo,
o campo alvorece.
Desmancham-se as brumas
nos prados celestes.
Acordam as aves
e as pedras repetem
músicas, rumores,
do dia que cresce.
Move-se a tropilha:
que outra vez se apreste
o macho rosilho
do animoso Alferes.

Adeuses e adeuses...
Talvez não regresse.
(Mas que voz estranha
para a frente o impele?)
Cavalga nas nuvens.
Por outros padece.
Agarra-se ao vento...
Nos ares se perde...
(E um negro demônio
seus passos conhece:
fareja-lhe o sonho
e em sombra persegue

o audaz, o valente,
o animoso Alferes.)

Que importa que o sigam
e que esteja inerme,
vigiado e vencido
por vulto solerte?
Que importa, se o prendem?
A teia que tece
talvez em cem anos
não se desenrede!
Toledo? Gonzaga?
Alceus e Glaucestes?
– Nenhum companheiro
seu lábio revele.
Que a língua se cale.
Que os olhos se fechem.
(Lá vai para a frente
o que se oferece
para o sacrifício,
na causa que serve.
Lá vai para sempre
o animoso Alferes!)

Adeus aos caminhos!
– montes, águas, sebes,
ouro, nuvens, ranchos,
cavalos, casebres... –
Olham-no de longe
os homens humildes.
E nos ares ergue
a mão sem retorno
que um dia os liberte.
(Pois que importa a vida?
aqui se despede
do sol da montanha,
do aroma silvestre:

– venham já soldados
que a prender se apressem;
venham já meirinhos
que os bens lhe sequestrem;
venham, venham, venham...
– que sua alma excede
escrivães, carrascos,
juízes, chanceleres,
frades, brigadeiros,
maldições e preces!

Venham, venham, matem:
ganhará quem perde.
Venham, que é o destino
do animoso Alferes.)

De olhos espantados,
do rosilho desce.
Terra de lagoas
onde a água apodrece.
Janelas, esquinas,
escadas... – parece
que há sombras que o espreitam,
que há sombras que o seguem...

Falas sem sentido
acaso repete,
– pois sente, pois sabe
que já se acha entregue.

Perguntas, masmorras,
sentença... Recebe
tudo além do mundo...

E em sonho agradece,
o audaz, o valente,
o animoso Alferes.

Romance XXVIII ou
Da denúncia de Joaquim Silvério

No Palácio da Cachoeira,
com pena bem aparada,
começa Joaquim Silvério
a redigir sua carta.
De boca já disse tudo
quanto soube e imaginava.

Ai, que o traiçoeiro invejoso
junta às ambições a astúcia.
Vede a pena como enrola
arabescos de volúpia,
entre as palavras sinistras
desta carta de denúncia!

Que letras extravagantes,
com falsos intuitos de arte!
Tortos ganchos de malícia,
grandes borrões de vaidade.
Quando a aranha estende a teia,
não se encontra asa que escape.

Vede como está contente,
pelos horrores escritos,
esse impostor caloteiro
que em tremendos labirintos
prende os homens indefesos
e beija os pés aos ministros!

As terras de que era dono
valiam mais que um ducado.
Com presentes e lisonjas,

arrematava contratos.
E delatar um levante
pode dar lucro bem alto!

Como pavões presunçosos,
suas letras se perfilam.
Cada recurvo penacho
é um erro de ortografia.
Pena que assim se retorce
deixa a verdade torcida.

(No grande espelho do tempo,
cada vida se retrata:
os heróis, em seus degredos
ou mortos em plena praça;
– os delatores, cobrando
o preço das suas cartas...)

Romance XXIX ou
Das velhas piedosas

Dizem que atrás dele
ia um cavaleiro
muito bem montado,
levando consigo
um papel escrito
com o maior cuidado.

Na Semana Santa,
enquanto as imagens
estavam cobertas,
traçara altas letras,
encaracoladas,
mas não muito certas.

(Ai de quem na sua casa
se deixa estar, sem supor
o que em Sexta-Feira Santa
escreve a mão de um traidor!)

O papel aceita
o que os homens traçam...
E a mão inimiga
como aranha estende
com fios de tinta
as teias da intriga.

E lá ficam presos,
na viscosa trama,
os padres, os poetas,
os sábios, os ricos,
e outros, invejados
por causas secretas.

(Ai de quem, na sua casa,
se deixa estar, sem supor

que já vai por serra acima
tão bem montado, o traidor!)

Dizem que cavalga
ostensivamente
e também proclama
que por sua causa
já não há levante,
pois não há Derrama.

Diz que leva cartas
que o senhor Visconde
lhe terá confiado.
Que, com seus haveres,
se fosse na Europa,
teria um ducado!

(Ai de quem na sua casa
se deixa estar, sem supor
que já partiu desta terra
tão bem montado, o traidor!)

(Acorrei, vizinhos,
com toda a prudência,
com o maior mistério:
notai a passagem,
muito suspeitosa,
de Joaquim Silvério!

E ouvi, pelos sítios,
por lavras e igrejas,
varandas e muros,
– que já se apropinquam,
de choro e de sangue,
os dias escuros!)

(Ai de quem na sua casa
se deixa estar, sem supor
que, no Rio de Janeiro,
saltou da sela, o traidor.)

Romance XXX ou
Do riso dos tropeiros

Passou um louco, montado.
Passou um louco, a falar
que isto era uma terra grande
e que a ia libertar.

Passou num macho rosilho.
E, sem parar o animal,
falava contra o governo,
contra as leis de Portugal.

Nós somos simples tropeiros,
por estes campos a andar.
O louco já deve ir longe:
mas inda o vemos pelo ar...

Mostrando os montes, dizia
que isto é terra sem igual,
que debaixo destes pastos
é tudo rico metal...

– Por isso é que assim nos rimos,
que nos rimos sem parar,
pois há gente que não leva
a cabeça no lugar.

Ah, se conosco estivesse
o capitão-general!
E também nos disse o louco:
"Levai bem pólvora e sal!"

Por isso é que rimos tanto...
Mas, quando ele aqui tornar,
teremos a terra livre,
– salvo se, por um desar,

o metem numa enxovia,
e, por sentença real,
o fazem subir à forca,
para morte natural...

Romance XXXI ou De mais tropeiros

Por aqui passava um homem
– e como o povo se ria! –
que reformava este mundo
de cima da montaria.

Tinha um machinho rosilho.
Tinha um machinho castanho.
Dizia: "Não se conhece
país tamanho!"

"Do Caeté a Vila Rica,
tudo ouro e cobre!
O que é nosso, vão levando...
E o povo aqui sempre pobre!"

Por aqui passava um homem
– e como o povo se ria! –
que não passava de Alferes
de cavalaria!

"Quando eu voltar – afirmava –
outro haverá que comande.
Tudo isto vai levar volta,
e eu serei grande!"

"Faremos a mesma coisa
que fez a América Inglesa!"
E bradava: "Há de ser nossa
tanta riqueza!"

Por aqui passava um homem
– e como o povo se ria! –
"Liberdade ainda que tarde"
nos prometia.

E cavalgava o machinho.
E a marcha era tão segura
que uns diziam: "Que coragem!"
E outros: "Que loucura!"

Lá se foi por esses montes,
o homem de olhos espantados,
a derramar esperanças
por todos os lados.

Por aqui passava um homem...
– e como o povo se ria! –
Ele, na frente, falava,
e, atrás, a sorte corria...

Dizem que agora foi preso,
não se sabe onde.
(Por umas cartas entregues
ao Vice-Rei e ao Visconde.)

Pois parecia loucura,
mas era mesmo verdade.
Quem pode ser verdadeiro,
sem que desagrade?

Por aqui passava um homem...
– e como o povo se ria! –
No entanto, à sua passagem,
tudo era como alegria.

Mas ninguém mais se está rindo,
pois talvez ainda aconteça
que ele por aqui não volte,
ou que volte sem cabeça...

(Pobre daquele que sonha
fazer bem – grande ousadia –
quando não passa de Alferes
de cavalaria!)

Por aqui passava um homem...
– e o povo todo se ria.

Romance XXXII ou Das pilatas

"Vou-me a caminho do Rio,
minha boa camarada,
meter canoas de frete,
levantar moinhos d'água;
quando voltar, volto rico,
e esta gente desgraçada
que padece em terra de ouro,
por minhas mãos será salva.

"Vou-me a caminho do Rio,
minha boa camarada:
não te aflijas por teu filho,
pois lhe mando assentar praça.
(Que o general me protege,
com muitas pessoas gradas!)
(Tudo isto ia levar volta...
Tudo isto volta levava...)

"Vou-me a caminho do Rio,
minha boa camarada..."
(Era assim que ele dizia...
– vai comentando a mulata.
E batia-lhe nas costas,
e dava uma gargalhada,
e saltava para a sela,
e entre adeuses se afastava.)

"Vou-me a caminho do Rio,
minha boa camarada..."

(O tempo passava. O filho
sem poder assentar praça...
Nos rios de ouro, perdidas
muitas lágrimas salgadas.
Nem canoas nem moinhos:
só prisões e mais desgraças...)

"Vou-me a caminho do Rio,
minha boa camarada..."
(Para mim, foi perseguido.
Para mim, por lá se acaba.
Não deve sonhar o pobre,
que o pobre não vale nada...
Se o sonho do pobre é crime,
quanto mais qualquer palavra!)

Romance XXXIII ou
Do cigano que viu chegar o Alferes

Não vale muito, o rosilho:
mas o homem que vem montado,
embora venha sorrindo,
traz sinal de desgraçado.
Parece vir perseguido,
sem que se veja soldado;
deixou marcas no caminho
como de homem algemado.
Fala e pensa como um vivo,
mas deve estar condenado.
Tem qualquer coisa no juízo,
mas sem ser um desvairado.

A estrela do seu destino
leva o desenho estropiado:
metade com grande brilho,
a outra, de brilho nublado;
quanto mais fica um sombrio,
mais se ilumina o outro lado.

Duvido muito, duvido
que se deslinde o seu fado.
Vejo que vai ser ferido
e vai ser glorificado:
ao mesmo tempo, sozinho,
e de multidões cercado;
correndo grande perigo,
e de repente elevado:
ou sobre um astro divino
ou num poste de enforcado.

Vem montado no rosilho.
No rosilho vem montado.
Mas, atrás dele, o inimigo
cavalga em sombra, calado.
Vejo, no alto, o fel e o espinho
e a mão do Crucificado.

Ah! cavaleiro perdido,
sem ter culpa nem pecado...
– Pobre de quem teve um filho
pela sorte assinalado!
Vem galopando e sorrindo,
como quem traz um recado.
Não que o traga por escrito:
mas dentro em si: – consumado.

Romance XXXIV ou De Joaquim Silvério

Melhor negócio que Judas
fazes tu, Joaquim Silvério:
que ele traiu Jesus Cristo,
tu trais um simples Alferes.
Recebeu trinta dinheiros...
– e tu muitas coisas pedes:
pensão para toda a vida,
perdão para quanto deves,
comenda para o pescoço,
honras, glórias, privilégios.
E andas tão bem na cobrança
que quase tudo recebes!

Melhor negócio que Judas
fazes tu, Joaquim Silvério!
Pois ele encontra remorso,
coisa que não te acomete.
Ele topa uma figueira,
tu calmamente envelheces,
orgulhoso e impenitente,
com teus sombrios mistérios.
(Pelos caminhos do mundo,
nenhum destino se perde:
há os grandes sonhos dos homens,
e a surda força dos vermes.)

Romance XXXV ou Do suspiroso Alferes

Terra de tantas lagoas!
Terra de tantas colinas!
No fundo das águas podres,
o turvo reino das febres...
"Ah! se eu me apanhasse em Minas..."

Nos palácios, vãos fidalgos.
Santos vãos, pelas esquinas.
Pelas portas e janelas,
as bocas murmuradoras...
"Ah! se eu me apanhasse em Minas!"

Rios inchados de chuva,
serra fusca de neblinas...
Quem tivera uma canoa,
quem correra, quem remara...
"Ah! se eu me apanhasse em Minas..."

(Que vens tu fazer, Alferes,
com tuas loucas doutrinas?
Todos querem liberdade,
mas quem por ela trabalha?)
"Ah! se eu me apanhasse em Minas!"

(O humano resgate custa
pesadas carnificinas!
Quem morre, para dar vida?
Quem quer arriscar seu sangue?)
"Ah! se eu me apanhasse em Minas..."

Minas das altas montanhas,
das infinitas campinas...
Quem galopara essas léguas!
Quem batera àquelas portas!
"Ah! se eu me apanhasse em Minas!"

Mas os traidores labutam
nas funestas oficinas:
vão e vêm as sentinelas,
passam cartas de denúncia...
"Ah! se eu me apanhasse em Minas..."

(E tudo é tão diferente
do que em saudade imaginas!
Onde estão os teus amigos?
Quem te ampara? Quem te salva,
mesmo em Minas? Mesmo em Minas?)

Romance XXXVI ou Das sentinelas

De noite e de dia,
por todos os lados,
caminham dois homens,
que vão disfarçados,
pois são granadeiros
e – sendo soldados –
alguém lhes permite
bigodes rapados.

Ai, pobre do Alferes,
que gira inocente,
sonhando outro mundo,
amando outra gente...
Vai jogando sonhos:
– lúdica semente! –
brotam sentinelas,
miseravelmente...

Ao sair das portas,
diante dos sobrados,
em qualquer esquina,
sempre ali postados.
São dois? São duzentos?
São dois mil? Lavrados
em febre, parecem,
e multiplicados...

(Esses vultos que me seguem,
Joaquim Silvério, quem são?

Devem ser as sentinelas
que amanhã me prenderão?

Quem as pôs sobre os meus passos?
Quem comete essa traição?

Responde, Joaquim Silvério,
quem nos leva à perdição?)

Mas não há resposta,
– que o traidor prudente
desliza nas sombras,
não fala de frente...
A um deserto surdo
clama, inutilmente,
o animoso Alferes...
– Só ele – presente.

Romance XXXVII ou De maio de 1789

Maio das frias neblinas,
maio das grandes canseiras.
Os coronéis suspirando
à vaga luz das candeias;
os poetas mirando versos
e hipotéticas ideias;
Joaquim Silvério sonhando
dinheiro, mercês, comendas...

Vão cavalos, vêm cavalos,
por cima da Mantiqueira.
Donas espreitando as ruas,
pelas grades de urupema.
Padres escrevendo cartas,
doutores lendo Gazetas...
Uns querendo ouro e diamantes,
outros, liberdade, apenas...

Ó maio dos grandes sustos
por barrancos e ladeiras!
Avisos a toda a pressa!
Dissimulações e senhas.
Soldados pelos caminhos.
Caras e cartas suspeitas.
Os oratórios dos santos
com altas velas acesas.

1º de maio

Passou por aqui o Alferes?
Sim, passou, mas já vai longe.

Quem vem agora atrás dele?
Quem voa pelo horizonte?
Dizem que é Joaquim Silvério!
(Maldito seja tal homem:
tem vilania de Judas
com arrogância de Conde.)

Mesmo na Semana Santa,
esteve escolhendo os nomes
dos que vão ser perseguidos.
E venceu vales e montes
no encalço de um condenado,
para que de perto o aponte
(e o Tempo, que é só memória,
com sua sombra se assombre).

9 de maio

Toda a cidade já sabe
que o Alferes anda fugido.
– No sótão de que sobrado?
Em que fazenda? Em que sítio?
Embarcado em que canoa?
Atravessando que rio?
Por detrás de que montanha?
Por cima de que perigo?

Quebrados anjos de prata
miraram seu rosto aflito:
entre espadins e fivelas,
castiçais e crucifixos,
parou – tristemente humano,
tristemente perseguido.
Tinha o mundo todo na alma
– e mendigava um abrigo!

10 de maio

Noite escura. Duros passos.
Já se sabe quem foi preso.
Ninguém dorme. Todos falam,
todos se benzem de medo.
Passos da escolta nas ruas
– que grandes passos, no Tempo!
Mas o homem que vão levando
é quase só pensamento:

> *– Minas da minha esperança,*
> *Minas do meu desespero!*
> *Agarraram-me os soldados,*
> *como qualquer bandoleiro.*
> *Vim trabalhar para todos,*
> *e abandonado me vejo.*
> *Todos tremem. Todos fogem.*
> *A quem dediquei meu zelo?*

Meado de maio

Furriel, ordenança, alferes,
soldado, porta-estandarte,
quem vai por léguas e léguas
propagando a novidade?
Por onde passa a notícia,
com guardas por toda a parte,
com sentinelas severas
nas saídas da cidade?

Se é fogueira, quem a acende
com tanta fidelidade?
Se é mensageiro, com que ordem,
com que propósito parte?
Por que as Minas estremecem

com dolorosa ansiedade?
– Foi preso um simples Alferes,
que só tinha um bacamarte.

Fim de maio

Andam as quatro comarcas
em grande desassossego:
vão soldados, vêm soldados;
tremem os brancos e os negros.
Se já levaram Gonzaga
e Alvarenga, mais Toledo!
Se a Cláudio mandam recados
para que se esconda a tempo!

Sentam-se na cama, os doentes.
Choram de susto, os meninos.
Mil portadores galopam.
Há mil corações aflitos.
Por aqui brilhava a Arcádia,
com flores, versos, idílios...
(Que querem dizer amores,
aos ouvidos dos meirinhos?)

Romance XXXVIII ou Do Embuçado

Homem ou mulher? Quem soube?
Tinha o chapéu desabado.
A capa embrulhava-o todo:
era o Embuçado.

Fidalgo? Escravo? Quem era?
De quem trazia o recado?
Foi no quintal? Foi no muro?
Mas de que lado?

Passou por aquela ponte?
Entrou naquele sobrado?
Vinha de perto ou de longe?
Era o Embuçado.

Trazia chaves pendentes?
Bateu com o punho apressado?
Viu a dona com o menino?
Ficou calado?

A casa não era aquela?
Notou que estava enganado?
Ficou chorando o menino?
Era o Embuçado.

"Fugi, fugi, que vem tropa,
que sereis preso e enforcado..."
Isso foi tudo o que disse
o mascarado?

Subiu por aquele morro?
Entrou naquele valado?
Desapareceu na fonte?
Era o Embuçado.

Homem ou mulher? Quem soube?
Veio por si? Foi mandado?
A que horas foi? De que noite?
Visto ou sonhado?

Era a Morte, que corria?
Era o Amor, com seu cuidado?
Era o Amigo? Era o Inimigo?
Era o Embuçado.

Romance XXXIX ou
De Francisco Antônio

Tão gordo, tão gordo
que vale por quatro,
lá vai para a Vila,
em sela formosa,
em grande cavalo,
o "Come-lhe os milhos",
esplêndido e farto.

Parentes famosos
por diversos lados,
do Rio das Mortes
ao Serro do Frio:
Pires e Camargos,
Oliveiras, Lopes,
tudo entrelaçado...

E sítios imensos,
e imensos escravos...
E pratas e louças,
e roupas e móveis
e espelhos dourados...
Tão gordo, tão gordo
que vale por quatro.

Lá vai para a serra,
comentando fatos:
Haverá derrama?
Haverá levante?
Já mandou recados.
Conspira, organiza,
anda em sobressalto.

Tão gordo, tão gordo
que vale por quatro!
E diz: "Quem não mente
não é boa gente!"
Lá vai pelo mato
caçar com os amigos
codornas e veados.

"Quem foi Mr. Franklin?"
Fala com brocardos:
"Os vis não se devem
meter nas empresas
que requerem atos.
Ou morrem na lama
que nem carrapato."

Inventa, confunde,
herói, mas velhaco.
É o "Come-lhe os milhos",
que irá para Angola
ruminar cuidados...
(Tão gordo, tão gordo
que vale por quatro!)

Romance XL ou
Do alferes Vitoriano

– Aonde é que vais, Vitoriano,
nem bem amanhece o dia?
Andarás de contrabando,
serra abaixo, serra acima,
das areias de Ouro Branco
às sombras de Vila Rica?

(Esporeava o seu cavalo,
pela estrada malsegura.
– Vitoriano, tem cuidado,
de hora em hora a sorte muda!
Quanto mais o tempo é falso,
mais aparecem denúncias...)

– Eu, Senhor, vou nesta pressa
para as bandas de Mariana.
Nem vos direi quem me espera
nem vos direi quem me manda.
Subo e desço pela serra
que nem o vento me alcança!

(Tinha no bolso uma carta,
e um recado na cabeça.
Puxa o lenço, limpa a cara,
cai-lhe o papel, vê-se a letra.
– Vitoriano, se te agarram,
terás de cumprir sentença!)

– Eu, Senhor, digo a verdade:
vinha da Ponta do Morro,

mandado por meu compadre,
Coronel Francisco Antônio.
Mas, para o que vinha, é tarde:
e ele ou está preso ou está morto...

(E no alto da serra brava
dobrou sobre o seu caminho
o alfaiate, alferes, cabra,
– sem ter chegado ao destino
o recado que levara,
para servir a um amigo.)

– Ai, Vitoriano Veloso,
como o tempo era nublado!
Partires com tal denodo,
voltares com tal cansaço!
– E, depois, – o calabouço?
E, depois, – o cadafalso?

(Não houve quem o livrasse
de dar três voltas à forca;
de gemer pela cidade
pena de açoites sem conta;
nem de partir para a viagem
de degredo, amarga e longa.)

(E a carta nem fora entregue!
Nem fora o recado escrito!
– No seu cavalo, tão leve!
– Na masmorra, tão perdido...
Que imensas lágrimas bebe,
por ter prestado um serviço!)

Romance XLI ou
Dos delatores

O que andou preso me disse
que dissera o Carcereiro,
que dissera o Capitão...
(Mas pareceu-lhe parvoíce,
e não delatou primeiro
porque não teve ocasião...)

E mais: porque o Carcereiro
depois passara a Meirinho...
E o Capitão, do Ouvidor
fora sempre companheiro...
E que, por esse caminho,
ia-se ao Governador...

Mas agora, que o Meirinho,
o Capitão mais o preso
são da mesma condição...
Já que não têm mais padrinho,
posso fazer com desprezo
a minha declaração.

Digo o que me disse o preso,
que de outro já o tinha ouvido,
que o ouvira de outro... Não são
máximas de grande peso:
mas tudo, bem entendido,
pode envolver sedição.

Eu digo – por ter ouvido –
que os filhos do Reino, em breve,
cativos aqui serão.

Tenha ou não tenha sentido,
quem a dizê-lo se atreve
merece averiguação.

A minha denúncia é breve,
pois nem sei se houve delito,
nem se era conspiração.
Mas, se ninguém os escreve,
aqui deixo, por escrito,
os nomes que adiante vão.

Haja ou não haja delito,
esses nomes assinalo,
e escrevo esta relação.
O que outros dizem, repito.
E apenas meu nome calo,
por ser o mais fiel vassalo,
acima de suspeição.

Romance XLII ou Do sapateiro Capanema

"Estes branquinhos do Reino
nos querem tomar a terra:
porém, mais tarde ou mais cedo,
os deitamos fora dela."

Foi na noite de São Pedro,
no arraial de Matosinhos;
debaixo do meu capote,
vinha tremendo de frio;
fui bater a uma taverna:
o dono estava dormindo.
Bati duas e três vezes,
porém não fui atendido.
Ele, lá dentro, na cama,
como novatinho rico;
e nós, romeiros, na rua,
miseráveis que nem bichos.
Por cima de nós, estrelas
como preguinhos de vidro.

"Estes branquinhos do Reino
nos querem tomar a terra:
porém, mais tarde ou mais cedo,
os deitamos fora dela."

A porta estava fechada,
e vinha um rancho comigo;
conversa puxa conversa,
alguém se lembrou do fisco.

Para a Vila vinha gente,
ia gente para o Rio;
nas Minas, só se falava
das prisões que tinha havido.
Diziam que era levante,
ou contrabando, ou extravio...
Falou-se em crimes, sequestros,
em soldados e meirinhos.
(O taverneiro na cama,
e eu ali, com os meus amigos.)

"Estes branquinhos do Reino
nos querem tomar a terra:
porém, mais tarde ou mais cedo,
os deitamos fora dela."

Fosse de sono, canseira
ou receio de perigo,
– o taverneiro, calado:
e nós, cá de fora, aos gritos.
Até pensei, de tão surdo,
que já não estivesse vivo.
Disse essas quatro verdades.
E o que disse ficou dito.
Cada qual à sua moda
repete o que tinha ouvido:
o taverneiro, a mulata,
o capitão e os vizinhos.
Coso a língua com uma agulha,
se deste enredo me livro!

"Estes branquinhos do Reino
nos querem tomar a terra:
porém, mais tarde ou mais cedo,
os deitamos fora dela."

Nada a acrescentar me resta
a quanto já se acha escrito.
Sou da Comarca do Serro,
sapateiro por ofício.
(Nunca um trago de aguardente
provocou tal reboliço!
Nem sabia do levante;
mas, hoje, acho que é preciso.
Se eu só por quatro palavras
nele me vejo metido!
No fundo desta cadeia,
quando penso em meu serviço,
entendo muitas ideias
que antes não tinham sentido!)

"Estes branquinhos do Reino
nos querem tomar a terra:
porém, mais tarde ou mais cedo,
os deitamos fora dela."

Sou eu que retalho a sola,
e que desenrolo o fio;
mas nem o dono das botas
sabe qual é seu caminho.
Fui bater a uma taverna
no arraial de Matosinhos:
vim parar numa Cadeia,
para fim desconhecido.
Quem se lembrou do meu nome,
nem era meu inimigo!
Devem ser pontos da Sorte,
no couro do meu destino.
Levo açoites? Subo à forca?
Espero a sentença, e digo:

"Estes branquinhos do Reino
nos querem tomar a terra:
porém, mais tarde ou mais cedo,
os deitamos fora dela."

(Assim dizem que falava
o sapateiro mulato.
As quatro razões são suas;
o resto deve ser falso...
Quatro disse – e logo foram
mais de quatro vezes quatro...)

Romance XLIII ou
Das conversas indignadas

Eram muitos mais os sócios:
– a trempe tem muitas pernas... –
mas, por isto ou por aquilo,
por estas razões e aquelas,
agarraram-se, somente,
os que foram indicados,
– pois mais pode quem governa...

Palavras sobre palavras...
(Não há nada que convença,
quando escrivães e juízes
trocam por vacas paridas,
por barras de ouro largadas,
as testemunhas que servem
de fundamento às sentenças...)

(Calem-se os apadrinhados!
Fujam parentes e amigos!
Contaremos esta história
segundo o preço que paguem;
e ao mais fraco escolheremos
para receber por todos
o justo e exemplar castigo!)

Esse que todos acusam,
sem amigo nem parente,
sem casa, fazenda ou lavras,
metido em sonhos de louco,
salvador que se não salva,
pode servir de resgate.

É o Alferes Tiradentes.

Romance XLIV ou
Da testemunha falsa

Que importa quanto se diga?
Para livrar-me de algemas,
da sombra do calabouço,
dos escrivães e das penas,
do baraço e do pregão,
a meu pai acusaria.
Como vou pensar nos outros?
Não me aflijo por ninguém.
Que o remorso me persiga!
Suas tenazes secretas
não se comparam à roda,
à brasa, às cordas, aos ferros,
aos repuxões dos cavalos
que, mais do que as Majestades,
ordenarão seus Ministros,
com tanto poder que têm.

Não creio que a alma padeça
tanto quanto o corpo aberto,
com chumbo e enxofre a correrem
pelas chagas, nem consiga
o inferno inventar mais dores
do que os terrenos decretos
que o trono augusto sustêm.

Não sei bem de que se trata:
mas sei como se castiga.
Se querem que fale, falo;
e, mesmo sem ser preciso,
minto, suponho, asseguro...
É só saber que palavras
desejam de mim. – Se alguém

padecer, com tanta intriga,
que Deus desmanche os enredos
e o salve das consequências,
se for possível: mas, antes,
salvando-me a mim, também.

Talvez um dia se saibam
as verdades todas, puras.
Mas já serão coisas velhas,
muito do tempo passado...
Que me importa o que se diga,
o que se diga, e de quem?

Por escrúpulos futuros,
não vou sofrer desde agora:
Quais são torpes? Quais, honrados?
As mentiras viram lenda.
E não é sempre a pureza
que se faz celebridade...

Há mais prêmios neste mundo
para o Mal que para o Bem.

Direi quanto me ordenarem:
o que soube e o que não soube...
Depois, de joelhos suplico
perdão para os meus pecados,
fecho meus olhos, esqueço...
– cai tudo em sombras, além...

Talvez Deus não se conforme.
Mas o Inferno ainda está longe,
– e a Morte já chega à praça,
já range, na Ouvidoria,
nas letras dos depoimentos,
e em cartas do Reino vem...

Vede como corre a tinta!
Assim correrá meu sangue...
Que os heróis chegam à glória

só depois de degolados.
Antes, recebem apenas
ou compaixão ou desdém.

Direi quanto for preciso,
tudo quanto me inocente...
Que alma tenho? Tenho corpo!
E o medo agarrou-me o peito...
E o medo me envolve e obriga...
– Todo coberto de medo,
juro, minto, afirmo, assino.
Condeno. (Mas estou salvo!)
Para mim, só é verdade
aquilo que me convém.

Romance XLV ou
Do padre Rolim

De Vila Rica ao Tejuco,
lá vai carta, lá vem carta.
Prendem o padre ou não prendem?
Dificílima caçada!
Uns dizem que já vai longe,
pelo alto da serra brava;
outros, que só sai de noite,
fugido, de casa em casa.

Se perguntam por que o prendem,
todos dão resposta vaga:
por ter arrombado a mesa
de um juiz, em certa devassa;
por extravio de pedras;
por causa de uma mulata;
por causa de uma donzela;
por uma mulher casada.

De Vila Rica ao Tejuco,
parte carta, volta carta...
– Algumas, não chegam nunca;
nenhuma é bastante clara...

Soldados surdos e cegos,
enfim, cercaram-lhe a casa.
Pulando cercas e muros,
já bem longe o padre andava.
Nos seus colchões remexidos,
não se pôde encontrar nada,
que escondera as coisas todas
– em que mesa? armário? caixa?
teto? parede? alicerce?
com que amigo? com que amada?

De Vila Rica ao Tejuco,
sobe carta, desce carta.
(O padre na sua choça,
construída dentro da mata,
deixando passar o tempo,
deixando crescer a barba,
separado deste mundo
pela taipa de taquara!)

Não há rancho que proteja,
quando é tempo de desgraça.
Ao que mais foge da sorte,
sempre algum soldado o agarra:
lá vai pela estrada afora,
lá vai, pela íngreme estrada,
o padre Rolim, que sempre
tivera vida bizarra.

Sete pecados consigo
sorridente carregava.
Se setenta e sete houvera,
do mesmo modo os levara.
Por escândalos de amores,
sacerdote se ordenara.
Só Deus sabia os limites
entre seu corpo e sua alma!

Era um padre de aventuras
que, tendo ou não tendo barba,
conforme o que houvesse em frente,
mudava sempre de cara.
Padre de maçonaria,
que sonhava e conspirava,
cuja história fabulosa
corria cada comarca...

Padre amável e guloso
que ao louro poeta Gonzaga
mandava caixas do Serro
com docinho de mangaba...

Romance XLVI ou
Do caixeiro Vicente

A mim, o que mais me doera,
se eu fora o tal Tiradentes,
era o sentir-me mordido
por esse em quem pôs os dentes.
Mal-empregado trabalho,
na boca dos maldizentes!

Assim se forjam palavras,
assim se engendram culpados;
assim se traça o roteiro
de exilados e enforcados:
a língua a bater nos dentes...
Grandes medos mastigados...

O medo nos incisivos,
nos caninos, nos molares;
o medo a tremer nos queixos,
a descer aos calcanhares;
o medo a abalar a terra,
o medo a toldar os ares;

o medo a entregar amigos
à sanha dos potentados;
a fazer das testemunhas
algozes dos acusados;
a comprar os ouvidores,
os escrivães e os soldados...

Vicente Vieira da Mota,
muitos são teus descendentes!
Tu, com o rico patrão salvo,

acusas o Tiradentes.
Mordem a carne do fraco
teus rijos, certeiros dentes!

Dentes de marfim talhado,
que tão bem-feitos fazia,
dentes de víbora foram,
pela tua covardia.
Que poderosa peçonha
por dentro deles subia!

Entre os dentes o tomaste,
como animal carniceiro,
nome e fama lhe mordeste,
– tu, cúmplice e companheiro,
sabendo que não se salva
quem não dispõe de dinheiro!

E os dentes com que o ferias
eram, afinal, os dentes
que na boca te puseram
as suas mãos diligentes.
(Isso é o que a mim mais me doera
se eu fora o tal Tiradentes!)

Romance XLVII ou
Dos sequestros

As ordens já são mandadas,
já se apressam os meirinhos.
Entram por salas e alcovas,
relatam roupas e livros:
tantas casacas de seda,
e tantos lençóis de linho;
tantos calções, tantas véstias
com bordados de ouro fino;
tantas fronhas de babados
e voltas de pescocinho...
Tantos volumes de Horácio,
de Júlio César, de Ovídio...
Compêndios e dicionários,
e tratados eruditos
sobre povos, sobre reinos,
sobre invenções e Concílios...
E as sugestões perigosas
de França e Estados Unidos.
Mably, Voltaire e outros tantos,
que são todos libertinos...

As ordens já são mandadas,
já se apressam os meirinhos.
Retiram das prateleiras
porcelana, prata, vidro;
puxam gavetas de mesas,
remexem nos escaninhos;
arregalam grandes olhos
sobre vastos manuscritos.
Não ficam lençóis nas camas,
tudo é visto e revolvido.

Nas caixas de mantimentos,
contam cada grão de milho;
arrolam bules sem asa,
sem asa, tampa nem bico!
Tantos mapas, tantos quadros
com seus vidros e caixilhos...
Tantas facas, tantos garfos,
tantas meias, tantos cintos...

As ordens já são mandadas...
Já se apressam os meirinhos.
Pobres figuras odiosas,
curvadas a um vil serviço,
com suas penas rombudas
que estendem grossos rabiscos,
horas e horas dedicados
ao monótono exercício
de executar os sequestros,
por duro dever de ofício.
Versos, ideias, estudos
são palavras sem sentido;

Pobres coisas desamadas
– lembranças, presentes, mimos...
O que foi gala e beleza
tomba no rol, sem prestígio...
Qual será maior desgraça:
a dos réus, com seu prejuízo,
ou a dos trastes sem dono
em morto papel perdidos?

Fala aos pusilânimes

Se vós não fôsseis os pusilânimes,
recordaríeis os grandes sonhos
que fizestes por esses campos,
longos e claros como reinos;
contaríeis vossas conversas
nos lentos caminhos floreados,
por onde os cavalos, felizes
com o ar límpido e a lúcida água,
sacudiam as crinas livres
e dilatavam a narina,
sorvendo a úmida madrugada!

Se vós não fôsseis os pusilânimes,
revelaríeis a ânsia acordada
à vista dos córregos de ouro,
entre furnas e galerias,
sob o grito de aves esplêndidas,
com a terra palpitante de índios,
e a vasta algazarra dos negros
a chilrear entre o sol e as pedras,
na fina aresta do cascalho.
Também pela vossa narina
houve alento de liberdade!

Se vós não fôsseis os pusilânimes,
confessaríeis essas palavras
murmuradas pelas varandas,
quando a bruma embaciava os montes
e o gado, de bruços, fitava
a tarde envolta em surdos ecos.

Essas palavras de esperança
que a mesa e as cadeiras ouviram,
repetidas na ceia rústica,
misturadas à móvel chama
das candeias que suspendíeis,
desejando uma luz mais vasta.

Se vós não fôsseis os pusilânimes,
hoje em voz alta repetiríeis
rezas que fizestes de joelhos,
– súplicas diante de oratórios,
e promessas diante de altares,
suspiros com asas de incenso
que subiam por entre os anjos
entrelaçados nas colunas.
Aos olhos dos santos pasmados,
para sempre jazem abertos
vossos corações, – negros livros.

Mas ai! fechastes vossas janelas,
e os escaninhos de móveis e almas...

Escrevestes cartas anônimas,
apontastes vossos amigos,
irmãos, compadres, pais e filhos...
Queimastes papéis, enterrastes
o ouro sonegado, fugistes
para longe, com falsos nomes,
e a vossa glória, nesta vida,
foi só morrerdes escondidos,
podres de pavor e remorsos!

Vistes caídos os que matastes,
em vis masmorras, forcas, degredos,
indicados por vosso punho,

por vossa língua peçonhenta,
por vossa letra delatora...
– só por serdes os pusilânimes,
os da pusilânime estirpe,
que atravessa a história do mundo
em todas as datas e raças,
como veia de sangue impuro
queimando as puras primaveras,
enfraquecendo o sonho humano
quando as auroras desabrocham!

Mas homens novos, multiplicados
de hereditárias, mudas revoltas,
bradam a todas as potências
contra os vossos míseros ossos,
para que fiqueis sempre estéreis,
afundados no mar de chumbo
da pavorosa inexistência.
E vós mesmos o quereríeis,
ó inevitáveis criminosos,
para que, odiados ou malditos,
pudésseis ter esquecimento...

Chega, porém, do profundo tempo,
uma infinita voz de desgosto,
e com o asco da decadência,
entre o que seríeis e fostes,
murmura imensa: "Os pusilânimes!"
"Os pusilânimes!" repete
o breve passante do mundo,
quando conhece a vossa história!

Em céus eternos palpita o luto
por tudo quanto desperdiçastes...
"Os pusilânimes!" – suspira

Deus. E vós, no fundo da morte,
sabeis que sois – os pusilânimes.
E fogo nenhum vos extingue,
para sempre vos recordardes!

> *Ó vós, que não sabeis do Inferno,*
> *olhai, vinde vê-lo, o seu nome*
> *é só – PUSILANIMIDADE.*

Romance XLVIII ou
Do jogo de cartas

Grandes jogos são jogados
entre a terra e o firmamento:
longas partidas sombrias,
por anos, meses e dias,
independentes do tempo...

Soldados e marinheiros,
camponeses e fidalgos,
ministros, gente da Igreja,
não há mais ninguém que esteja
fora dos vastos baralhos.

Batem as cartas na mesa,
na curva mesa da terra.
Partida sobre partida,
perde-se renome ou vida:
mas a perdição é certa.

Lá vêm corações em sangue,
lá vêm tenebrosos chuços:
defrontam-se ouros e espadas,
saltam coroas quebradas,
morrem culpados e justos.

Batem as cartas na mesa...
Cruzam-se naipes e pontos:
não se avista quem baralha
esta confusa batalha
de enigmas, quedas e assombros.

Grandes jogos são jogados.
E os silenciosos parceiros
não sabem, a cada lance,
que o jogo, fora de alcance,
pertence a dedos alheios.

Mesas de Queluz cobertas
de ouros, paus, espadas, copas...
(Minas, sangue, sofrimento...)
No baralho bate o vento
e o jogo segue outras voltas.

Romance XLIX ou
De Cláudio Manuel da Costa

"Que fugisse, que fugisse...
– bem lhe dissera o embuçado! –
que não tardava a ser preso,
que já estava condenado,
que, os papéis, queimasse-os todos..."
Vede agora o resultado:
mais do que preso, está morto,
numa estante reclinado,
e com o pescoço metido
num nó de atilho encarnado.

– Isso é o que conta o vizinho
que ouviu falar o soldado.
Mas do corpo ninguém sabe:
anda escondido ou enterrado?
Dizem que o viram ferido,
ferido, e não sufocado:
de borco em poça de sangue,
por um punhal traspassado.

– Dizem que não foi atilho
nem punhal atravessado,
mas veneno que lhe deram,
na comida misturado.
E que chegaram doutores,
e deixaram declarado
que o morto não se matara,
mas que fora assassinado.

E que o Visconde dissera:
"Dai-me outro certificado,
que aquele ficou perdido,

por um tinteiro entornado!”
E quem vai saber agora
o que se terá passado?

– Talvez o morto fosse outro,
em seu lugar colocado.
A sombra da noite escura
encobre muito pecado.
Talvez pelo subterrâneo
fosse ao Palácio levado...
Era homem de muitas luzes,
pelo povo respeitado;
Secretário do Governo,
que vivia em grande estado:
casa de trinta aposentos,
muito dinheiro emprestado,
e do velho João Fernandes,
dono do Serro, afilhado!

– Não creio que fosse morto
por um atilho encarnado,
nem por veneno trazido,
nem por punhal enterrado.
Nem creio que houvesse dito
o que lhe fora imputado.
Sempre há um malvado que escreva
o que dite outro malvado,
e por baixo ponha o nome
que se quer ver acusado...

Entre esta porta e esta ponte,
fica o mistério parado.
Aqui, Glauceste Satúrnio,
morto, ou vivo disfarçado,
deixou de existir no mundo,
em fábula arrebatado,
como árcade ultramarino
em mil amores enleado.

Romance L ou De Inácio Pamplona

Por aqui passou Pamplona,
homem de força e de orgulho.
Por aqui passou Pamplona,
grande pressa, cara alegre,
no dia 4 de julho.

Disse que fora mandado
a uns descobertos distantes.
Disse que fora mandado
lá para uma serra brava,
atrás de ouro e de diamantes.

Não porque ele o referisse,
mas toda a Vila sabia
– não porque ele o referisse –
que se achara o Doutor Cláudio
morto, nesse mesmo dia.

Passou como um fugitivo,
e levava ao lado um vulto.
Passou como um fugitivo:
e talvez seu companheiro
fosse o Doutor Cláudio, oculto.

Quando os Ministros chegaram
para a Devassa, nas Minas,
quando os Ministros chegaram,
sua sombra se perdera
além daquelas colinas.

Por aqui passou Pamplona,
homem de força e de orgulho.
Por aqui passou Pamplona,
a falar em longas viagens,
no dia 4 de julho.

Mas ficara ali por perto...
Nem ouro nem serra brava...
Mas ficara ali por perto.
E a morte do Doutor Cláudio
ninguém, na Vila, explicava...

Romance LI ou Das sentenças

Já vem o peso do mundo
com suas fortes sentenças.
Sobre a mentira e a verdade
desabam as mesmas penas.
Apodrecem nas masmorras,
juntas, a culpa e a inocência.
O mar grosso irá levando,
para que ao longe se esqueçam,
as razões dos infelizes,
a franja das suas queixas,
o vestígio dos seus rastros,
a sua inútil presença.

Já vem o peso da morte,
com seus rubros cadafalsos,
com suas cordas potentes,
com seus sinistros machados,
com seus postes infamantes
para os corpos em pedaços;
já vem a Jurisprudência
interpretar cada caso,
– e o Reino está muito longe,
– e há muito ouro no cascalho,
– e a Justiça é mais severa
com os homens mais desarmados.

Já vem o peso da usura,
bem calculado e medido.
Vice-reis, governadores,
chanceleres e ministros,
por serem tão bons vassalos,

não pensam mais nos amigos:
mas há muita barra de ouro,
secretamente, a caminho;
mas há pedras, mas há gado
prestando tanto serviço
que os culpados com dinheiro
sempre escapam aos castigos.

Já vem o peso da vida,
já vem o peso do tempo:
pergunta pelos culpados
que não passarão tormentos,
e pelos nomes ocultos
dos que nunca foram presos.
Diante do sangue da forca
e dos barcos do desterro,
julga os donos da Justiça,
suas balanças e preços.
E contra os seus crimes lavra
a sentença do desprezo.

Romance LII ou
Do carcereiro

Isso é o que diz o embargo.
Mas eu, cá para mim,
acho que, nesta história,
ele vai ter mau fim.

A esse é que levarão,
pelas ruas afora,
com baraço e pregão.

Nunca lhe deram nada.
Quem lhe daria agora
perdão?

Nunca o escrivão escreve
o que a vítima diz.
Não tem lei nem justiça
quem nasceu infeliz.

A verdade não vem
defender acusados...
Não se entende ninguém.

Tudo isto é enredo grande,
e, por todos os lados,
falsidades se veem.

A roda anda e desanda,
e não pode parar.
Jazem no fundo, as culpas:
morrem os justos, no ar.

Romance LIII ou
Das palavras aéreas

Ai, palavras, ai, palavras,
que estranha potência, a vossa!
Ai, palavras, ai, palavras,
sois de vento, ides no vento,
no vento que não retorna,
e, em tão rápida existência,
tudo se forma e transforma!

Sois de vento, ides no vento,
e quedais, com sorte nova!

Ai, palavras, ai, palavras,
que estranha potência, a vossa!
Todo o sentido da vida
principia à vossa porta;
o mel do amor cristaliza
seu perfume em vossa rosa;
sois o sonho e sois a audácia,
calúnia, fúria, derrota...

A liberdade das almas,
ai! com letras se elabora...
E dos venenos humanos
sois a mais fina retorta:
frágil, frágil como o vidro
e mais que o aço poderosa!
Reis, impérios, povos, tempos,
pelo vosso impulso rodam...

Detrás de grossas paredes,
de leve, quem vos desfolha?
Pareceis de tênue seda,
sem peso de ação nem de hora...
– e estais no bico das penas,
– e estais na tinta que as molha,
– e estais nas mãos dos juízes,
– e sois o ferro que arrocha,
– e sois barco para o exílio,
– e sois Moçambique e Angola!

Ai, palavras, ai, palavras,
íeis pela estrada afora,
erguendo asas muito incertas,
entre verdade e galhofa,
desejos do tempo inquieto,
promessas que o mundo sopra...

Ai, palavras, ai, palavras,
mirai-vos: que sois, agora?

– Acusações, sentinelas,
bacamarte, algema, escolta;
– o olho ardente da perfídia,
a velar, na noite morta;
– a umidade dos presídios,
– a solidão pavorosa;
– duro ferro de perguntas,
com sangue em cada resposta;
– e a sentença que caminha,
– e a esperança que não volta,
– e o coração que vacila,
– e o castigo que galopa...

Ai, palavras, ai, palavras,
que estranha potência, a vossa!
Perdão podíeis ter sido!
– sois madeira que se corta,
– sois vinte degraus de escada,
– sois um pedaço de corda...
– sois povo pelas janelas,
cortejo, bandeiras, tropa...

Ai, palavras, ai, palavras,
que estranha potência, a vossa!
Éreis um sopro na aragem...
– sois um homem que se enforca!

Romance LIV ou
Do enxoval interrompido

Aqui esteve o noivo,
de agulha e dedal,
bordando o vestido
do seu enxoval.

Em maio, era em maio,
num maio fatal;
feneciam rosas
pelo seu quintal.
Por estrada e monte,
neblina total.
No perfil da lua,
um nimbo mortal.
(Mas quem lê na névoa
o amargo sinal?)

A noite na Vila
é densa e glacial.
O sono, embuçado
em cada beiral.
Quem não dorme, sonha
com seu enxoval.

A agulha, de prata,
e de ouro, o dedal.
Em haste de cera,
ergue o castiçal
para a turva noite
lírio de cristal.

"Sabeis, ó pastora,
daquele zagal
que andava num prado
sobrenatural?

Teria inimigo?
Teria rival?"

O sono conversa
em cada poial.

"Sabeis, ó pastora,
quem seja o chacal
que os passos arrasta
de longe arraial?

Eu vi sua língua:
é um negro punhal.
Que mortes fareja
o imundo animal?"

De prata era a agulha,
e de ouro, o dedal.
Em sonho traçava,
com doce espiral
de brilhantes flores,
novo madrigal.

"Sabeis, ó pastora,
por que o maioral
manda pôr algemas
no louro zagal
que tranquilo borda
lírico enxoval?"

Estrela da aurora,
fonte matinal,
já vistes e ouvistes
desventura igual?
A agulha partiu-se.
Quebrou-se o dedal.
Romperam-se as flores
– a que vendaval?

“Procurais os rastos
do infante chacal?
Sumiram-se embaixo
do trono real!”

Soluçam as águas
em seu manancial.
E em sedas que foram
de seda e coral,
vai rolando um triste
orvalho de sal.

“Sabeis, ó pastora,
daquele zagal,
que agora não borda
seu rico enxoval?”

Romance LV ou
De um preso chamado Gonzaga

Quem sabe o que pensa o preso
que todas as leis conhece,
e continua indefeso!

Aquele magistrado
que digno fora, e austero,
agora te aparece
criminoso. E pondero:
Tudo no mundo mente.
(Daqui nem ouro quero...)

Pode ser que assim falasse
e pode ser que corressem
lágrimas, por sua face.

No remoto Passado
fica o semblante vero,
do que hoje aqui padece.
Mas não me desespero,
que a vida é sem Presente.
(Daqui nem ouro quero...)

Mas eram falas perdidas,
que havia léguas e léguas
de sua vida a outras vidas...

Inocente, culpado?
Enganoso? Sincero?
Por muito que o confesse,
o amor não recupero.
No entanto, ó surda gente,
daqui nem ouro quero...

Romance LVI ou
Da arrematação dos bens do Alferes

Arrematai o machinho
castanho rosilho! Custa
10 mil-réis: o que o algebrista
lhe pôs na avaliação.
Ai! corta rios e espinhos,
e já nada mais o assusta:
Só ele sabe o que leva
na sua imaginação.

Arrematai as esporas,
com seu jogo de fivelas!
Pesam 39 oitavas
e uma pequena fração.
E ireis pelo mundo afora
aprumado em qualquer sela,
propalando a sanha brava
dessa história de traição.

Arrematai as navalhas
e a tabaqueira de chifre!
Neste corredor de trevas,
nossos passos aonde irão?
Feliz aquele que leve
um ponteiro que o decifre!
Arrematai-o! – Não falha,
este relógio marcão.

Arrematai, juntamente,
esta bolsinha dos ferros:
por menos de 3 cruzados,
ficareis tendo a ilusão
de, por entre escuma e berro,
arrancar os duros dentes

a qualquer monstro execrando
ou peçonhento dragão!

Arrematai, sobretudo,
este pobre canivete.
São 30 réis, 30, apenas...
E com que satisfação
aparareis vossa pena!
Quem sabe em que papéis mudos
ela, a correr, interprete
esta vã conspiração.

E este espelho, surpreendido
por não sentir mais a cara
de entusiasmo, dor e espanto
daquele homem de paixão?
Arrematai-o! Um gemido,
que antes nunca se escutara,
e turvas gotas de pranto
em sua lâmina estão.

Arrematai a fivela
da volta do pescocinho,
que para sempre recorda
definitiva aflição!
Pois estão marcados nela
o sítio certo e o caminho
por onde cutelo e cordas
cumprem sua obrigação.

Arrematai essas horas
guardadas pelos ponteiros,
arrancadas ao seu dono,
rogando consumação!
Interrogai-as, agora
que os reis tremem nos seus tronos,
e os antigos prisioneiros
de cinza e de glória são.

Romance LVII ou
Dos vãos embargos

"Este é o homem loquaz
e sem reputação,
sem créditos nem bens
que o tornassem capaz
de semelhante ação.

Só por indiscrição,
quiméricas ideias
proferiu – sem escolha
de tempo ou de lugar,
– e pela condição
de temerário insano
que se deve perdoar.

Pois assim reza a Lei
desses imperadores
Teodósio, Arádio, Honório,
– quanto àqueles que vão
maldizendo do Rei
por fúria da razão.

Ficava para trás,
por sério e desvalido,
em toda promoção.
Era um homem loquaz,
e quis fazer das Minas
uma grande Nação."

(Ninguém faz o que quer.
Ninguém sabe o que faz.
E os culpados quem são?)

Romance LVIII ou Da grande madrugada

Se já vai longe a alvorada,
então, por que tarda o dia?
Que negrume se levanta,
e com sua forma espanta
a luz que o mar anuncia?

Não é nuvem nem rochedo:
detende as rédeas ao medo!
– É o negro Capitania.

Olhai, vós, os condenados,
a grande sombra que avança:
livre de pasmo e alvoroço,
este é o que aperta o pescoço
aos réus faltos de esperança...

E, para gerais assombros,
ainda lhes cavalga os ombros,
e nos ares se balança!

Ah, não fecheis vossos olhos,
que hoje é tempo de agonia!
Lembrai-vos deste momento,
neste sinistro aposento
onde a morte principia!

Vede o mártir como fita
sereno a sua desdita
e o negro Capitania!

"Oh! permite que te beije
os pés e as mãos... Nem te importe
arrancar-me este vestido...
Pois também na cruz, despido,
morreu quem salva da morte!"

Vede o carrasco ajoelhado,
todo em lágrimas lavado,
lamentar a sua sorte!

Já vai o mártir andando,
cercado da clerezia.
Franjas, arreios dourados,
clarins, cavalos, soldados,
e uma carreta sombria,

que lhe vai seguindo os passos,
e onde há de vir em pedaços,
com o negro Capitania.

Ah, quanto povo apinhado
pelos morros e janelas!
Ouvidores e ministros
carregam perfis sinistros
no alto de faustosas selas.

Ondulam colchas ao vento
e – brancas de sentimento –
rezam donas e donzelas.

Ah, quantos degraus puseram
para a fúnebre alegria
de ver um morto lá no alto,
de assistir ao sobressalto
dessa afrontosa agonia!

E ver levantar-se o braço,
e ver pular pelo espaço
o negro Capitania!

"Nem por pensamento traias
teu Rei..." Mas, na grande praça
há um silencioso tumulto:
grito do remorso oculto,
sentimento da desgraça...

Para o tempo, de repente.
Fica o dia diferente.
E agora a carreta passa.

Romance LIX ou
Da reflexão dos justos

Foi trabalhar para todos...
– e vede o que lhe acontece!
Daqueles a quem servia,
já nenhum mais o conhece.
Quando a desgraça é profunda,
que amigo se compadece?

Tanta serra cavalgada!
Tanto palude vencido!
Tanta ronda perigosa,
em sertão desconhecido!
– E agora é um simples Alferes
louco, – sozinho e perdido.

Talvez chore na masmorra.
Que o chorar não é fraqueza.
Talvez se lembre dos sócios
dessa malograda empresa.
Por eles, principalmente,
suspirará de tristeza.

Sábios, ilustres, ardentes,
quando tudo era esperança...
E, agora, tão deslembrados
até da sua aliança!
Também a memória sofre,
e o heroísmo também cansa.

Não choram somente os fracos.
O mais destemido e forte,
um dia, também pergunta,
contemplando a humana sorte,
se aqueles por quem morremos
merecerão nossa morte.

Foi trabalhar para todos...
Mas, por ele, quem trabalha?
Tombado fica seu corpo,
nessa esquisita batalha.
Suas ações e seu nome,
por onde a glória os espalha?

Ambição gera injustiça.
Injustiça, covardia.
Dos heróis martirizados
nunca se esquece a agonia.
Por horror ao sofrimento,
ao valor se renuncia.

E, à sombra de exemplos graves,
nascem gerações opressas.
Quem se mata em sonho, esforço,
mistérios, vigílias, pressas?
Quem confia nos amigos?
Quem acredita em promessas?

Que tempos medonhos chegam,
depois de tão dura prova?
Quem vai saber, no futuro,
o que se aprova ou reprova?
De que alma é que vai ser feita
essa humanidade nova?

Romance LX ou
Do caminho da forca

Os militares, o clero,
os meirinhos, os fidalgos
que o conheciam das ruas,
das igrejas e do teatro,
das lojas dos mercadores
e até da sala do Paço;
e as donas mais as donzelas
que nunca o tinham mirado,
os meninos e os ciganos,
as mulatas e os escravos,
os cirurgiões e algebristas,
leprosos e encarangados,
e aqueles que foram doentes
e que ele havia curado
– agora estão vendo ao longe,
de longe escutando o passo
do Alferes que vai à forca,
levando ao peito o baraço,
levando no pensamento
caras, palavras e fatos:
as promessas, as mentiras,
línguas vis, amigos falsos,
coronéis, contrabandistas,
ermitões e potentados,
estalagens, vozes, sombras,
adeuses, rios, cavalos...

Ao longo dos campos verdes,
tropeiros tocando o gado...
O vento e as nuvens correndo
por cima dos montes claros.

Onde estão os poderosos?
Eram todos eles fracos?
Onde estão os protetores?
Seriam todos ingratos?
Mesquinhas almas, mesquinhas,
dos chamados leais vassalos!

Tudo leva nos seus olhos,
nos seus olhos espantados,
o Alferes que vai passando
para o imenso cadafalso,
onde morrerá sozinho
por todos os condenados.

Ah, solidão do destino!
Ah, solidão do Calvário...
Tocam sinos: Santo Antônio?
Nossa Senhora do Parto?
Nossa Senhora da Ajuda?
Nossa Senhora do Carmo?
Frades e monjas rezando.
Todos os santos calados.

(Caminha a Bandeira
da Misericórdia.
Caminha, piedosa.
Caísse o réu vivo,
rebentasse a corda,
que o protegeria
a Santa Bandeira
da Misericórdia!)

Dona Maria I,
aqueles que foram salvos
não vos livram do remorso
deste que não foi perdoado...
(Pobre Rainha colhida
pelas intrigas do Paço,

pobre Rainha demente,
com os olhos em sobressalto,
a gemer: “Inferno... Inferno...”
com seus lábios sem pecado.)

Tudo leva na memória
o Alferes, que sabe o amargo
fim do seu precário corpo
diante do povo assombrado.

(Águas, montanhas, florestas,
negros nas minas exaustos...
– Bem podíeis ser, caminhos,
de diamante ladrilhados...)
Tudo leva na memória:
em campos longos e vagos,
tristes mulheres que ocultam
seus filhos desamparados...
Longe, longe, longe, longe,
no mais profundo passado...
– pois agora é quase um morto,
que caminha sem cansaço,
que por seu pé sobe à forca,
diante daquele aparato...

Pois agora é quase um morto,
partido em quatro pedaços,
e – para que Deus o aviste –
levantado em postes altos.

(Caminha a Bandeira
da Misericórdia.
Caminha, piedosa,
nos ares erguida,
mais alta que a tropa.
Da forca se avista
a Santa Bandeira
da Misericórdia.)

Romance LXI ou
Dos Domingos do Alferes

Quando sua mãe sonhava,
como uma simples menina,
já falava nesse nome
DOMINGOS.
Domingos Xavier Fernandes,
que era o nome de seu pai.

Quando a menina dizia,
agora, já mulher feita,
DOMINGOS,
– era Domingos da Silva
dos Santos. Outro Domingos.
Domingos com quem casou.

E quando, depois, sorria,
estudando para mãe,
DOMINGOS,
Domingos, – ia dizendo.
E assim ao primeiro filho
Domingos chamou, também.

Esse nome de Domingos
por toda parte o seguira.
DOMINGOS:
na infância ao longe deixada,
na adolescência perdida,
em todo tempo e lugar...

– Ah, Domingos de Abreu Vieira,
quem batizará meu filho?
DOMINGOS,

meu amigo poderoso,
as coisas vão levar volta,
quem sabe o que vou passar?

Domingos sobre domingos
nas folhas dos calendários:
Domingos
– para a carta de Silvério,
para a subida à Cachoeira,
para a denúncia vocal...

Ai! de domingo em domingo,
chega ao caminho do Rio.
DOMINGOS!
Encontra Domingos Pires:
"Leva pólvora, Domingos,
que a venderás muito bem!"

Domingos conta a Domingos...
(É nome predestinado!)
DOMINGOS!
Já se desenrola a história...
Já vem da Vila à Cidade,
do Visconde ao Vice-Rei...

E, como vê sentinelas
sobre os seus passos rodarem,
DOMINGOS!
Sobe por aquela escada,
envolto na noite escura
como um criminoso vil.

E era a casa de Domingos,
na Rua dos Latoeiros:
DOMINGOS!
Entre as imagens de prata,
banquetas e crucifixos,
Domingos Fernandes Cruz.

Era a casa de Domingos...
e era em dia de domingo...
DOMINGOS!
– último dia de sonho,
que, agora, os domingos todos
são domingos de prisão.

Certa manhã tenebrosa,
no campo de São Domingos,
DOMINGOS!
(Sempre o nome de Domingos)
lhe apontaram a alta forca
de vinte e cinco degraus.

E num dia de domingo
seus quartos foram salgados.
DOMINGOS!
– despachados para os sítios
onde alguém o tinha ouvido
falar de conspiração...

Lá vai cortado em pedaços,
lá vai pela serra acima...
DOMINGOS!
Domingos Rodrigues Neves,
com os oficiais de justiça,
tranquilamente o conduz.

Romance LXII ou Do bêbedo descrente

Vi o penitente
de corda ao pescoço.
A morte era o menos:
mais era o alvoroço.
Se morrer é triste,
por que tanta gente
vinha para a rua
com cara contente?

(Ai, Deus, homens, reis, rainhas...
Eu vi a forca – e voltei.
Os paus vermelhos que tinha!)

Batiam os sinos,
rufavam tambores,
havia uniformes,
cavalos com flores...
– Se era um criminoso,
por que tantos brados,
veludos e sedas
por todos os lados?

(Quando me respondereis?)

Parecia um santo,
de mãos amarradas,
no meio de cruzes,
bandeiras e espadas.
– Se aquela sentença
já se conhecia,

por que retardaram
a sua agonia?

(Não soube. Ninguém sabia.)

Traziam-lhe cestas
de doce e de vinho,
para ganhar forças
naquele caminho.
– Se era condenado
e iam dar-lhe morte,
por que ainda queriam
que morresse forte?

(Ninguém sabia. Não sei.)

Não era uma festa.
Não era um enterro.
Não era verdade
e não era erro.
– Então por que se ouvem
salmo e ladainha,
se tudo é vontade
da nossa Rainha?

(Deus, homens, rainhas, reis...
Que grande desgraça a minha!
– Nunca vos entenderei!)

Romance LXIII ou
Do silêncio do Alferes

"Vou trabalhar para todos!"
– disse a voz no alto da estrada.
Mas o eco andava tão longe!
E os homens, que estavam perto,
não repercutiam nada...

"Bebamos, pois, ao futuro!"
– exclamara na pousada.
Todos beberam com ele,
todos estavam de acordo.
E agora não sabem nada.

"Levai bem pólvora e chumbo!"
– disse a voz aos da boiada.
Mas o rosilho passava,
e os homens riam-se dela,
sem lhe responderem nada.

"Quem me segue? Que me querem?"
– pergunta a voz espantada.
Mas o traidor escondido
e as sentinelas esquivas
não lhe esclarecem mais nada.

Já se afastam os amigos,
e já não tem mais amada.
Leva uma dobla no bolso,
leva uma estrela no sonho,
e uma tristeza sem nada.

("Ah se eu me apanhasse em Minas...")
– suspira a voz fatigada.
Mas largo é o rio na serra!
"Quem tivesse uma canoa..."
(Não servira para nada...)

(Já vão subindo os algozes,
com duros passos na escada.
No bacamarte que empunha,
há quatro dedos de chumbo,
porém não dispara nada.

Tanto tempo na masmorra!
Tanta coisa mal contada!
Os outros têm privilégios,
amigos, ouro, parentes...
Só ele é que não tem nada.

E vós bem sabeis, ó Vilas,
e tu bem sabes, estrada,
quem galopava essa terra,
quem servia, quem sofria
por quem não fazia nada!

Dizem que por sua língua
anda a terra emaranhada...
Pois quem quiser faça agora
perguntas sobre perguntas,
– que já não responde nada.

Já lhe vão tirando a vida.
Já tem a vida tirada.
Agora é puro silêncio,
repartido aos quatro ventos,
já sem lembrança de nada.)

Romance LXIV ou De uma pedra crisólita

Dizem que saiu dessa casa
com uma crisólita na mão.
Era de noite, era já tarde,
era numa triste ocasião.
As sentinelas escutavam
seu passo pela escuridão.

Trazia de volta essa pedra
que não pôde ser lapidada.
Frustrada joia – de quem era?
a quem seria destinada?
A morte sempre está com pressa,
e os anéis não lhe dizem nada...

Entrou pela sombra da rua
com o peso da pedra nos dedos.
E a cidade era muito escura,
e o tempo cheio de segredos,
e a noite era uma trama surda
de negras denúncias e medos.

Caminhou por ali acima,
sozinho, veemente, calado,
com sua crisólita fria
que tinha dentro um sol fechado.
E seguiu por aquela esquina,
com seu passo já condenado.

Dias depois é que foi preso,
entre uma parede e uma cama,
segundo os rigores do tempo

e os elos da noturna trama.
E rolou pelo esquecimento
sua crisólita sem chama.

Talvez nem crisólita fosse...
As pedras sempre enganam tanto!
Há muitos aleives na noite...
Havia espiões em cada canto...
(Às vezes, pela mão de um homem
podem brilhar gotas de pranto...)

Ele era o Alferes Tiradentes,
enforcado naquela praça:
muitas coisas não se compreendem,
tudo se esquece, o tempo passa...
Mas essa crisólita, sempre,
parece diamante sem jaça.

E era uma simples pedra fosca,
e ficou sem lapidação.
Quando se fala nela, a sombra
desfaz-se como cerração.
E sua luz bate no rosto
do homem que a levava na mão.

Cenário

No jardim que foi de Gonzaga,
a pedra é triste, a flor é débil,
há na luz uma cor amarga.
Os espinhos selvagens crescem,
única sorte destas árvores
destituídas de primavera,
secas, na seca terra ingrata,
que é uma cinza de inúteis ervas
solta sob os pés de quem passa.

No jardim que foi de Gonzaga,
oscila o candeeiro sem lume,
apodrece a fonte sem água.
Longas aranhas fulvinegras
flutuam nas moles alfombras
do antípoda universo aéreo.

Um flácido silêncio adeja
sobre esses restos de uma história
de sonho, amor, prisões, sequestros,
degredos, morte, acabamento...

Vagas mulheres sem notícias,
pobres meninos inocentes
circulam por essas escadas,
pisam as folhas secas, mostram
portas de anil desmoronado...

A névoa que enche os aposentos
não vem do dia nem da noite:
vem da cegueira: ninguém sente
o ranger da pena, na sombra,
o luzir da seda das véstias,
à luz de altos caules de cera...

Ninguém vê nenhum livro aberto.
Ninguém vê mão nenhuma erguida,
com fios de ouro sobre o mundo,
para um bordado sem destino,
improvável e incompreensível
remate de fátuo vestido...

Apenas um cacho de rosas,
que nascem pálidas e murchas,
habita um desvão solitário,
quer falar, porque veio a custo
de antigas lágrimas guardadas
num chão sem ouro nem diamantes...

Mas inclina-se à tarde, ao vento,
e como um rosto humano morre,
sem dizer nada, inerme e triste,
ao peso do seu pensamento,
– como acontece entre os amantes.

Romance LXV ou Dos maldizentes

– Ouves no papel a pena?
Agora, acumula embargos
à sentença que o condena
o que outrora, em altos cargos,
pelo mais breve conceito,
as rendas do Real Erário
revertia em seu proveito!

– Assim o destino é vário!
Grande fim para habitantes
de um país imaginário,
que falam por consoantes...
– E que usam nomes fingidos.
(Aquilo havia mistério
nas letras dos apelidos...)

– Tanto ler o tal Voltério...
– E se não fosse o ladino
capitão Joaquim Silvério!
– Assim é vário, o destino:
negro, porém, é o desterro,
e há de arranjar palavreado
com que se lhe escuse o erro.

– Tanto impou de namorado!
E agora, quando se mira,
vê-se um mísero coitado...
(como lá diz numa lira...)
– Se nas águas se mirasse,
veria ralo o cabelo
e murcha e pálida, a face.

– Falta-lhe aquele desvelo
da sua pastora terna...
– Deveria socorrê-lo...
– ... a quem dará glória eterna!...
– Ai, que ricos libertinos!
Tudo era Inglaterra e França,
e, em redor, versos latinos...

– Já se lhes foi a esperança!
– Mas segue com seus embargos.
(Quem porfia, sempre alcança...)
– Os argumentos são largos.
– Que tem luzes, ninguém nega.
– Mas são coisas da Fortuna,
que bem se sabe ser cega...

– Não lhe sendo a hora oportuna,
perder-se-á tudo que alega.

Romance LXVI ou
De outros maldizentes

A nau que leva ao degredo
apenas do porto larga,
já põem a pregão os trastes
que os desterrados deixaram.

– Que fica daquele poeta
Tomás Antônio Gonzaga?

– Somente este par de esporas:
um par de esporas de prata.
Por mais que se apure o peso,
não chega a quarenta oitavas!

(Nem terçados nem tesouras,
canivetes ou navalhas;
nada do ferro que corta,
nada do ferro que mata:
só as esporas que ensinam
o cavalo a abrir as asas...
Espelho? – para que rosto?
Relógio? – para que data?)

– Que fica, na fortaleza,
daquele poeta Gonzaga?

– Um par de esporas, somente.
Um par de esporas de prata.
E Vossa Mercê repare
que outras há, mais bem lavradas!

– Pelos modos, me parece
que lhe hão de fazer bem falta!
Dizem que tinha um cavalo
que Pégaso se chamava.
Não pisava neste mundo,
mas nos planaltos da Arcádia!

– Agora, agora veremos
como do cavalo salta!

– Entre pastores vivia,
à sombra da sua amada.
Ele dizia: "Marília!"
Ela: "Dirceu" balbuciava...

– Já se ouviu mais tola história?

– Já se viu gente mais parva?

– Hoje não é mais nem sombra
dos amores que sonhava...
Anda longe, a pastorinha...
e agora já não se casa!

– Tanto amor, tanto desejo...
Desfez-se o fumo da fábula,
que isso de amores de poetas
são tudo aéreas palavras...

– Foi-se a monção da ventura,
chega o barco da desgraça.
Que deixa na fortaleza?
Um par de esporas de prata!

(Ai, línguas de maldizentes,
nos quatro cantos das praças!

Se mais deixasse, diriam
que eram roubos que deixava.
Ai, línguas, que sem fadiga
arquitetais coisas falsas!)

– Tanta seda que vestira!

– Tanto verso que cantara!

– Maior que César se via...

– Mais que Alexandre, pensava...

– Escorregou-se-lhe a sela...

– Restam-lhe cavalos d'água!

– Mais devagar, cavaleiro,
que vais dar contigo em África!

Puseram pregões agora.
Vamos ver quem arremata.

– Quem compra este par de esporas
que eram do poeta Gonzaga?

– Já ninguém sonha ir tão longe,
que hoje são duras escarpas
esses caminhos de flores
de antigos campos da Arcádia...

– Só deixou na fortaleza
o par de esporas de prata!

– Quem sabe se alcança terra?
Quem sabe se desembarca?

Anda a peste das bexigas
até na gente fidalga...

– Pois ia dar leis ao mundo!
Era o que as leis fabricava!
E o par de esporas não chega
nem a 39 oitavas.

– Para tão longa carreira,
vê-se que eram coisa fraca...

– Já vai pelo mar fora,
lá vai, com toda a prosápia,
o ouvidor e libertino
desembargador peralta...

(Ai de ti que hoje te firmas
no arção das ondas salgadas!
Segura a rédea de espuma,
Tomás Antônio Gonzaga.
Escapaste aqui da forca,
da forca e das línguas bravas;
vê se te livras das febres,
que se levantam nas vagas,
e vão seguindo o navio
com seus cintilantes miasmas...)

Romance LXVII ou
Da África do Setecentos

Ai, terras negras d'África,
portos de desespero...
– quem parte, já vai cativo;
– quem chega, vem por desterro.

(Ai, terras negras d'África!
ai, litoral dos medos...)

Aqui falece a audácia
e chega a morte cedo:
que as febres são grandes barcas
movendo esbraseados remos...

(Aqui falece a audácia,
finda qualquer apelo...)

Ai, terras negras d'África,
selva de pesadelos!
Os presos lutam com os sonhos
como entre curvos espelhos...

(Ai, terras negras d'África,
noite grossa de enredos...)

Rolam de longe lágrimas
para o horizonte negro:
Saudade – pena de morte
para cumprir-se em degredo.

(Rolam de longe lágrimas...
Quereis saber seu peso?)

Ai, terras negras d'África,
céu de angústia e segredo:
laje de sombra caída
sobre o suspiro dos presos!

Romance LXVIII ou
De outro maio fatal

Era em maio, foi em maio,
sem calhandra ou rouxinol,
quando se acaba nos campos
da roxa quaresma a cor,
e às negras montanhas frias
vagaroso sobe o sol,
embuçado em névoa fina,
sem vestígio de arrebol.

Era em maio, foi por maio,
quando a ti, pobre pastor,
te vieram cercar a casa,
de prisão dando-te voz.
Iguais corriam as fontes,
como em dias de primor:
mas seu chorar, sob os liquens,
pareceria maior,
e em teus ouvidos iria
como suspiro de amor,
– que o resto eram rudes ordens,
que o resto era o duro som
de algemas, patas e bulha
de mazombos e reinóis.

Era em maio, foi por maio,
sem calhandra ou rouxinol:
somente o correr das fontes
nos tanques largos da dor,
entre a fala dos amigos
e as palavras do traidor.
Saudoso sussurro d'água

nas pedras úmidas, por
onde os olhos dos cavalos
pousam como branda flor.

Adeus, adeus, Vila Rica,
onde é de ouro o próprio pó!
Adeus, que tudo nos tira
o bravo tempo agressor.
Adeus, que já vêm meirinhos
com seus papéis para o rol
dos sequestros... Nada fica,
seja qual seja o valor.

Adeus, pontes sonolentas,
adeus, riachos torcidos,
de malsinado esplendor.
Adeus, montes levantados...
Voltarão meus passos, ou
dessas profundas masmorras
já não se volta, depois?

Veio maio, foi-se maio,
sem calhandra ou rouxinol.

As pedras das fortalezas
são as de pesada mó,
comprimindo, comprimindo
num desgraçado torpor
o coração contra o tempo
que o Amor faria veloz.

Ai, como ao pé destas penhas
roda o mar e escuma, triste,
com boca cheia de dó!
Noite e dia são pisados
pelo sinistro rumor
dos passos do carcereiro;

e em sonhos assoma a forma
indefinida do algoz.

Veio maio, foi-se maio,
sem calhandra ou rouxinol.
Apagou-se pelas matas
da quaresma a triste cor.
Quantos anos já passaram,
espelho desilusor?
O corpo sempre mais gasto,
sempre a saudade maior.
Quem sou, que não me conheço?
Já não me encontro: onde estou?
Onde é que ficava a Arcádia?
Que é feito do seu pastor?

Era em maio, foi por maio,
sem calhandra ou rouxinol,
depois da forca e da festa,
com soldados em redor.

Lá vai a nau pelos mares,
sem adeuses nem clamor.
(Este era o vento da alheta?
Quem o pudera supor!)
Que porto espera no Oriente
o réu que navega só,
com seu silêncio no peito,
e a angústia do que se foi?

(Ouro nas Minas fechado,
dizem que és o causador
destes males, desta pena,
deste severo rigor...)

Era em maio, foi por maio,
sem calhandra ou rouxinol:

quando choram as amadas
e blasona o delator.
Quando as ondas vão passando
e broslam, com seu lavor,
a quilha da nau que leva
para o degredo, o Ouvidor.

Como tudo agora fica
tão separado de nós!
Os negros, pelo cascalho,
misturando ouro e suor;
nos jardins, o alto relógio
do amarelo girassol;
as fontes gorjeando às pedras
seu transparente frescor;
os santos falando aos anjos
nos canteiros do altar-mor;
as mulheres esvaídas
em silencioso estupor;
os homens mentindo aos homens,
entre canalhas e heróis.

Em maio! Fora por maio!
Mundo de fraco valor...
Quem de novo te salvara!
Mas ah! nem Deus te salvou...
Olhos d'água... fonte d'água...
Água do mar... Amargor.
Semana Santa na Vila.
O Mártir no seu andor...

(Por este mar de agonia
com minha cruz também vou.)

Romance LXIX ou
Do exílio de Moçambique

Por terras de Moçambique,
quem passeia,
de cabeça descoberta,
sem sentir o que está perto,
desinteressado e alheio?
Vira a Sorte o leme rápido,
de repente:
sem mais rota que se explique.

Entre negros, tristes montes,
a morada
abre em sonhos a janela
e surge o semblante belo
que fora amado e cantado.
E, ao som das águas esfumam-se,
tenuemente,
igrejas, cavalos, pontes...

Que clara lua desperta,
erma e pura,
sobre essa impossível casa?
Dize, Amor, qual é teu prazo?
Quem se fia no futuro?
Entre as mãos dos dias pálidos,
tudo mente.
Acabou-se a estrela certa.

E pode ser que se fique
exilado
para sempre, errante e calmo,

como um homem já sem nada,
que vai matando a memória,
que ainda o alente,
por terras de Moçambique.

E a lua longe atravessa,
entre igrejas,
a Vila de ouro e de espanto...
... ah! por onde ninguém canta
seus amores e desejos...
Assim branca, a noite, e límpida!
Mas, no Oriente,
que negro dia começa?

Romance LXX ou
Do lenço do exílio

Hei de bordar-vos um lenço
em lembrança destas Minas;
ramo de saudade, imenso...
lágrimas bem pequeninas.

(Ai, se ouvísseis o que penso!)

Ai, se ouvísseis o que digo,
entre estas quatro paredes...
Mas o tempo é vosso amigo,
que não me ouvis nem me vedes.

(Minha dor é só comigo.)

E esta casa é grande e fria,
com toda a sua nobreza.
Ai, que outra coisa seria,
se preso estais, ver-me presa.

(Porém tudo é covardia.)

Sei que ireis por esses mares.
Sonharei vosso degredo,
sem sair destes lugares,
por fraqueza, pejo, medo

(e imposições familiares.)

Hei de bordar tristemente
um lenço, com o que recordo...

A dor de vos ter ausente
muda-se na flor que bordo.

(Flor de angustiosa semente.)

Muito longe, em terra estranha,
se chorais por Vila Rica,
neste lenço de bretanha,
pensai no pranto que fica

(à sombra desta montanha!).

Romance LXXI ou De Juliana de Mascarenhas

Juliana de Mascarenhas
que andas tão longe, a cismar,
levanta o rosto moreno,
lança teus olhos ao mar,
que já saiu barra afora,
grande e poderosa nau,
Senhora da Conceição,
Princesa de Portugal.
Vai para o degredo um homem
que breve irás encontrar,
– claros olhos de turquesa,
finos cabelos de luar.
Vai para o degredo um poeta
que se não pôde livrar
de Vice-Reis e Ministros
e Capitão-General.
E era a flor do nosso tempo!
E era a flor deste lugar!

Lá se vai por essas ondas,
por essas ondas se vai.
Seca-lhe o vento nos olhos
perolazinhas de sal;
seca-lhe o tempo no peito
sua força de cantar;
as controvérsias dos homens
secam-lhe no lábio os ais;
e as saudades e os amores
não sabe o que os fez secar.

Juliana de Mascarenhas,
distante rosa oriental,
estende os teus negros olhos
por essas praias do mar:
vê se já não vai baixando,
vê se já não vai baixar,
dentre as velas, dentre as cordas,
dentre as escadas da nau,
aquele que vem de longe,
aquele que a sorte traz
– quem sabe, para teu bem,
– quem sabe, para seu mal...

Ai, terras de Moçambique,
ilha de fino coral,
prestai atenção às falas
que vão correndo pelo ar:

"Aquele é o que vem de longe,
que se mandou degredar?
Por três anos as masmorras
o viram, triste, a pensar.
Os amigos que tivera,
amigos que não tem mais,
foram para outros degredos;
– Deus sabe quem voltará!
A donzela que ele amava,
entre lavras de ouro jaz;
na grande arca do impossível
deixou dobrado o enxoval,
uma parte, já bordada,
outra parte, por bordar.
Muito longe é Moçambique...
– Que saudade a alcançará?"

Juliana de Mascarenhas,
Deus sempre sabe o que faz:
põe teu vestido de tisso,
bracelete, anel, colar.
Mais do que Marília, a bela,
poderás aqui brilhar.
Vem ver este homem tranquilo
que mandaram degredar.

Imaginária serenata

Vejo-te passando
por aquela rua
mais aquele amigo
que encontraram morto.
E pergunto quando
poderei ser tua,
se vens ter comigo,
de tão negro porto.

Ah, quem põe cadeias
também nos meus braços?
Quem minha alma assombra
com tanto perigo?
Em sonho rodeias
meus ocultos passos.
Ouve a tua sombra
o que, longe, digo?

Vejo-te na igreja,
vejo-te na ponte,
vejo-te na sala...
Todo o meu castigo
é que não me veja,
também, no horizonte.
Que ouça a tua fala
sem me ver contigo.

Na minha janela,
pousa a luz da lua.
Já não mais consigo
descanso em meu sono.
Pela noite bela,
o amor continua.
Deita-me consigo
aos pés do seu dono.

Romance LXXII ou
De maio no Oriente

Em maio, outra vez em maio,
depois de anos de terror.
Não mais guardas nem correntes
de ordem do Governador;
não mais, por serras e bosques,
longo caminho de dor;
não mais escuras masmorras,
não mais perguntas de algoz;
não mais a nau do degredo,
não mais o tempo anterior.
– Juliana de Mascarenhas
desposa o antigo Ouvidor.

Pela Sé de Moçambique
murmuram a meia-voz:
"Não tinha amor... Nunca o teve...
Loucura que já passou.
Tudo eram sonhos de Arcádia,
ilusões da vida em flor...
Palavras postas em verso,
doce, melodioso som...
Festival em prados verdes
com o ouro a crescer ao sol."

Em maio, outra vez em maio,
depois de anos de terror.
Juliana de Mascarenhas
levantou-se do altar-mor.
Sobre os Santos Evangelhos,
o antigo noivo jurou.

(É certo que hoje está sendo
alguém que outrora não foi.
O coração que já teve,
quem lho tirou e onde o pôs?)

Eis que a voz murmuradeira
recomeça o seu rumor:
"Como era aquele vestido
que com sua mão bordou?
Todo de cetim precioso
recamado de esplendor?
O dedal com que o bordava,
no sequestro se encontrou!"

Mas outros vão respondendo
à murmuradeira voz:
"Bordado só de quimeras,
com suspiros em redor..."
"Dizem que muito pesava
tão portentoso lavor..."

"Ai, pesava como ferro,
e era tudo vento e pó!"

Em maio, outra vez em maio,
quando o mundo é todo amor!

Maio que vais e que voltas,
quanto tempo já passou!
Pelas Minas enganosas,
quem soluçará de dor?

Levantai-vos, negros montes,
faze-te, oceano, maior!
– Tomás Antônio Gonzaga,
longe, no exílio, casou.

Romance LXXIII ou
Da inconformada Marília

Pungia a Marília, a bela,
negro sonho atormentado:
voava seu corpo longe,
longe, por alheio prado.
Procurava o amor perdido,
a antiga fala do amado.
Mas o oráculo dos sonhos
dizia a seu corpo alado:
"Ah, volta, volta, Marília,
tira-te desse cuidado,
que teu pastor não se lembra
de nenhum tempo passado..."
E ela, dormindo, gemia:
"Só se estivesse alienado!"

Entre lágrimas se erguia
seu claro rosto acordado.
Volvia os olhos em roda,
e logo, de cada lado,
piedosas vozes discretas
davam-lhe o mesmo recado:
"Não chores tanto, Marília,
por esse amor acabado:
que esperavas que fizesse
o teu pastor desgraçado,
tão distante, tão sozinho,
em tão lamentoso estado?"
A bela, porém, gemia:
"Só se estivesse alienado!"

E a névoa da tarde vinha
com seu véu tão delicado
envolver a torre, o monte,
o chafariz, o telhado...
Ah, quanta névoa de tempo
longamente acumulado...
Mas os versos! Mas as juras!
Mas o vestido bordado!
Bem que o coração dizia
– coração desventurado –
"Talvez se tenha esquecido..."
"Talvez se tenha casado..."
Seu lábio, porém, gemia:
"Só se estivesse alienado!"

Romance LXXIV ou Da Rainha prisioneira

Ai, a filha da Marianinha!
Ai, a neta do Rei D. João!
– suave princesa de mãos postas,
resplandecente de oração...
Que lindas letras desenhava
a sua delicada mão:
grandes verticais majestosas,
curvas de tanta mansidão!
MARIA – nome de esperança,
MARIA – nome de perdão,
– a melancólica princesa
livre de toda ostentação,
que há de subir a um trono amargo,
como todos os tronos são!

A que crescera entre as intrigas
de validos, nobres, criados,
a que conversara com os santos,
a que detestara os pecados!
A que soube de tanto sangue,
por engenhos de altos estrados,
quando a nobreza sucumbia,
nos fidalgos esquartejados!
A que vira o pasmo do povo
e a estupefação dos soldados...
A que, amarrada em seus protestos,
pusera silenciosos brados
em grandes lágrimas abertas
nos olhos, para o céu voltados...

A que um dia fora aclamada,
envolta em vestes lampejantes,
onde o que não fosse ouro e prata
era de flores de brilhantes...
A que de olhos tristes mirara
paisagens, multidões, semblantes,
sentindo a turba alucinada,
em vãos transportes delirantes,
sabendo que reis e reinados
são sempre penosos instantes...
A que em missal e crucifixo
a mão pousara, e aos circunstantes
fizera ouvir seu juramento,
sob estandartes palpitantes!

A que mandara abrir masmorras,
a que desprendera correntes,
a que escutara os condenados
e libertara os inocentes;
a que aos sofredores antigos
levara consolos urgentes;
a que salvava os desvalidos,
a que socorria os doentes;
a que dava a comer aos pobres
com suas próprias mãos clementes;
a que chorava pelas culpas
de seus mortos impenitentes,
e suplicava a Deus piedade
para seus ilustres parentes!...

A que se preservara isenta
sobre os desencontros humanos:
sem soldados e sem navios,
entre os irados soberanos
de Espanha, de França e Inglaterra

e os rebeldes americanos,
– com os olhos além deste mundo,
nessa evasão de meridianos
que não compreendem os ministros
– e muito menos os tiranos –
de quem vê na terra a falência
de todos os mortais enganos...
A que achava, no ódio, o pecado.
A que achava, na guerra, os danos...

A que tentara erguer-se a esferas
de Arte, de Ciência e Pensamento...
A que ao serviço de seu povo
dedicara cada momento...
A que se acreditara livre
de qualquer decreto sangrento...
– quando os horizontes moviam
grandes ondas de roxo vento;
– quando em cada livro se abriam
outras leis e outro ensinamento;
– quando o tempo da realeza,
em súbito baque violento,
desabava das guilhotinas,
sobre um grosso mar de tormento.

Ei-la, sem pai, marido, filhos,
confessor, – ninguém – acordada
em seu Palácio, à densa noite
erguendo voz desesperada,
perguntando pelos seus mortos,
pela sua ardente morada...
Ei-la a sentir o Inferno vivo,
a família toda abrasada,
e os Demônios com rubros garfos,
esperando a sua chegada.

E seu corpo já transparente,
e já dentro dele mais nada.
E os corcéis da Morte e da Guerra
a escumarem na sua escada.

Ei-la, a estender pelas paredes
sua desvairada figura...
A que, embora piedosa e meiga,
pelo poder da desventura,
degredava e matava – longe –
com sua clara assinatura...
Ei-la aos gritos, à sombra verde
dos jardins de aquosa frescura.
Clamam por ela Inconfidentes
que a funda masmorra tortura.
E ela clama aos ares esparsos...
E a Liberdade que procura
é por flutuantes horizontes,
no fusco império da loucura.

Ai, a neta de D. João Quinto,
filha de D. José Primeiro,
presa em muros de fúria brava,
mais do que qualquer prisioneiro!
– Terras de Angola e Moçambique,
mais doce é o vosso cativeiro!
– Transparentes, vossas paredes,
prisões do Rio de Janeiro!
Ai, que a filha da Marianinha
jaz em cárcere verdadeiro,
sem grade por onde se aviste
esperança, tempo, luzeiro...
Prisão perpétua, exílio estranho,
sem juiz, sentença ou carcereiro...

Fala à Comarca do Rio das Mortes

Onde, o gado que pascia
e onde, os campos e onde, as searas?
Onde a maçã reluzente,
ao claro sol que a dourava?
Onde, as crespas águas finas,
cheias de antigas palavras?
Onde, o trigo? Onde, o centeio,
na planície devastada?
Onde, o girassol redondo
que nas cercas se inclinava?
Mesmo as pedras das montanhas
parecem podres e gastas.
As casas estão caindo,
muito tristes, abraçadas.
As cores estão chorando
suas paredes tão fracas,
e as portas sem dobradiças,
e as janelas sem vidraças.

Já desprendidos do tempo,
assomam pelas sacadas
que oscilam soltas ao vento,
velhos de nublosas barbas.
Não se sabe se estão vivos,
ou se apenas são fantasmas.
Já são pessoas sem nome,
quase sem corpo nem alma.

As ruas vão-se arrastando,
extremamente cansadas,
com suas saias escuras
todas de lama, na barra.
Ai, que lenta morte, a sua,

lenta, deserta e humilhada...
(Um céu de azul silencioso
muito longe bate as asas.)

Onde, os canteiros de flores
e as fontes que os refrescavam?
Onde, as donas que subiam,
para a missa, estas escadas?
Onde, os cavalos que vinham
por essas verdes estradas?
Onde, o Vigário Toledo
com seus vários camaradas?
E as cadeiras de cabiúna,
que se viam nesta sala?
E os seus brilhantes damascos,
de ramagens encarnadas?
Onde, as festas? Onde, os vinhos?
Onde, as temerárias falas?

"Qual de nós vai ser Rainha?"
"E qual de nós vai ser Papa?"
Onde, o brilho dos fagotes?
Onde, as famosas bravatas?

Onde, os lábios que sorriam?
Onde, os olhos que miravam
as pinturas destes tetos,
agora quase apagadas?
Dona Bárbara Eliodora,
falai!... (Quem vos escutara!)
Dizei-me, do Norte Estrela,
onde assistem vossas mágoas!

Vinde, coronéis, doutores,
com vossas finas casacas,
respirai! – que já vai longe
a vossa vida passada.
Falai de leis e de versos,
e de pastores da Arcádia!

Mas que fizeram das mesas
onde outrora se jogava?
Livros de França e Inglaterra,
por onde será que os guardam?

Quem falou de povos livres?
Quem falou de gente escrava?
A Gazeta de Lisboa
pelo vento foi rasgada.

Cantai, pássaros da sombra,
sobre as esvaídas lavras!
Cantai, que a noite se apressa
pelas montanhas esparsas,
e acendem os vaga-lumes
suas leves luminárias,
para imponderáveis festas
nas solidões desdobradas.

Onde, ó santos, vossos olhos,
por esta igreja encantada,
com paredes de ouro puro
e longas franjas de lágrimas?

(Era de seda vermelha
o sobrecéu que o velava:
no seu catre com pinturas,
de cabeceira dourada,
dormia o Padre Toledo...

A mesma fonte cantava.
O céu tinha a mesma lua
– grande coroa de prata.
Há dois séculos dormia.
Há dois séculos sonhava...

Olhos de ler o Evangelho,
pelas minas se alongavam;
mãos de tocar sacrifícios

desciam pelas gupiaras...
Rios de ouro e de diamante
de seus ombros deslizavam...
– Que era paulista soberbo,
paulista de grande raça,
mação, conforme o seu tempo,
e a alegoria pintara
das leis dos Cinco Sentidos
nos tetos de sua casa...

Dormia o Padre Toledo...

– Que negros vultos cortaram
seus grandes sonhos altivos,
quando neles cavalgava,
de cruz de Cristo no peito
e armas debaixo da capa?

Nos seus altares, os santos,
pensativos, o esperavam.)

Onde estão seus vastos sonhos,
ó cidade abandonada?
De onde vinham? Para onde iam?
Por onde foi que passaram?

Romance LXXV ou
De Dona Bárbara Eliodora

Há três donzelas sentadas
na verde, imensa campina.
O arroio que passa perto,
com palavra cristalina,
ri-se para Policena,
beija os dedos de Umbelina;
diante da terceira, chora,
porque é Bárbara Eliodora.

Córrego, tu por que sofres,
diante daquela menina?
Semelha o cisne, entre as águas;
na relva, é igual à bonina;
a seus olhos de princesa
o campo em festa se inclina:
vê-la é ver a própria Flora,
pois é Bárbara Eliodora!

(Donzela de tal prosápia,
de graça tão peregrina,
oxalá não merecera
a aflição que lhe destina
a grande estrela funesta
que sua face ilumina.
Fôsseis sempre esta de agora,
Dona Bárbara Eliodora!

Mas a sorte é diferente
de tudo que se imagina.
E eu vejo a triste donzela

toda em lágrimas e ruína,
clamando aos céus, em loucura,
sua desditosa sina.
Perde-se quanto se adora,
Dona Bárbara Eliodora!)

Das três donzelas sentadas
naquela verde campina,
ela era a mais excelente,
a mais delicada e fina.
Era o engaste, era a coroa,
era a pedra diamantina...
Rolaram sombras na terra,
como súbita cortina.

Partiu-se a estrela da aurora:
Dona Bárbara Eliodora!

Romance LXXVI ou
Do Ouro Fala

Ouro Fala.

Ouro vem à flor da terra,
Dona Bárbara Eliodora!
Como as rainhas e as santas,
sois toda de ouro, Senhora!

Ouro Fala.

Sois mais que a do Norte estrela
e que o diadema da Aurora!

Ouro Fala.

Trezentos negros nas catas,
mal a manhã principia.
Grossas mãos entre o cascalho,
pela enxurrada sombria.

Ouro Fala.

Mirai nos altos espelhos
vossa clara fidalguia!

Ouro Fala.

Sob altivos candelabros,
cintilais como criatura
a quem devia ser dado
o gosto só da ventura.

Ouro Fala.

(Laços de ouro nas orelhas,
no pescoço e na cintura.)

Ouro Fala.

Nos longos canais abertos,
ouro fala, ouro delira...
Por causa da fala do ouro,
deixa-se a balança e a lira.

Ouro Fala.

Mas, nas lavras do Ouro Fala,
o ouro fala e o ouro conspira.

Ouro Fala.

Muito além das largas minas,
há um sítio que é só segredo,
sem pessoas, sem palavras,
sem qualquer humano enredo...

Ouro Fala.

Ai, Coronel Alvarenga,
lá chegareis muito cedo.

(Não cuideis seja a masmorra...
Não cuideis seja o degredo...)

Ouro Fala.

Ouro fala... Ouro falavam
de mais longe a Morte e o Medo...

Romance LXXVII ou
Da música de Maria Ifigênia

Ecos do Rio das Mortes,
repeti com doce agrado
o exercício malseguro
que anda naquele teclado.
Duas mãozinhas pequenas
procuram de cada lado
o sigiloso caminho
que está na solfa indicado.
Ai, como parece certo!...
E como vai todo errado...

Ecos do Rio das Mortes,
este som desafinado,
este nervoso manejo,
têm destino assinalado.
Triste menina, a que estuda
com tão penoso cuidado...
Tratada como Princesa,
para que estranho reinado?
Vai ver sua mãe demente,
vai ver seu pai degredado...

Ecos do Rio das Mortes,
são mais felizes, no prado,
o vento, em redor das flores,
a luz, em redor do gado,
o arroio que canta espumas
em suas lajes deitado...
E os brancos pombos redondos,
em cada curvo telhado;

e os ruidosos papagaios
gaguejando seu recado...

Ecos do Rio das Mortes,
recordai com doce agrado
o exercício vagaroso
que em breve será parado.
Frágeis dedos, tênues pulsos,
qual será vosso pecado?
Antes fôsseis cavalinhos
em trevo fino e orvalhado;
antes fôsseis borboletas
no horizontal descampado.

Ecos do Rio das Mortes,
nesse piano do passado,
fica uma infância perdida,
um trabalho inexplicado.

Mãos de Maria Ifigênia,
fantasma inocente e alado...
– vosso compasso perdeu-se
por um tempo desgraçado...

(Ébano e marfim, que fostes?
Cemitério delicado.)

Romance LXXVIII ou
De um tal Alvarenga

Veio por mar tempestuoso
a residir nestas Minas:
poeta e doutor, manejava
por igual, as Leis e as rimas.
Desposara uma donzela
que era a flor destas campinas.

Andava por suas lavras
– como eram grandes e ricas!
Mas o ouro, que altera os homens,
deixa as vidas intranquilas,
levava-o por esses montes,
a sonhar por essas Vilas...

Em salas, ruas, caminhos,
foram ficando dispersas
as histórias que sonhava,
– e iam sendo descobertas
as mais longínquas palavras
das suas vagas conversas.

E por inveja e por ódio,
confusão, perversidade,
foi preso e metido em ferros.
Um homem de Leis e de Arte
foi preso só por ter sonhos
acerca da Liberdade.

E sua mulher tão bela,
e sua mulher tão nobre,
Bárbara – que ele dizia

a sua Estrela do Norte,
nem lhe dirigia a vida
nem o salvava da morte.

A morte foi muito longe,
numa negra terra brava.
Tinha tido tal nobreza,
tanto orgulho, tantas lavras!
E agora, do que tivera,
a vida, só, lhe restava.

Assim dele murmuravam
os soldados, no degredo,
sabendo quem dantes fora
e quem ficara, ao ser preso,
– tão tristemente covarde
que só causava desprezo.

Era ele o tal Alvarenga,
que, apagada a glória antiga,
rolava em chãos de masmorra
sua sorte perseguida.
Fechou de saudade os olhos.
Deu tudo o que tinha: a vida.

Romance LXXIX ou
Da morte de Maria Ifigênia

Se o Brasil fosse um reinado,
poderia ser princesa,
– tal era a sua linhagem.
Mas seu campo andava em luto,
e era seu reino a tristeza.

O cavalo que a levava
por arredondados montes,
que viu, nos olhos de espanto,
nas negras terras de Ambaca,
sobre exaustos horizontes?

(Melhor que a desgraça é a morte.
Melhor que o opaco futuro.
E entre a vida e a morte, apenas
um salto, – da terra de ouro
ao grande céu, puro e obscuro!)

E uma pequena amazona
perde a sua humanidade:
– para além de réus e culpas,
de sentenças, de sequestros,
e da própria Liberdade.

Romance LXXX ou
Do enterro de Bárbara Eliodora

Nove padres vão rezando
– e com que tristeza rezam! –
atrás de um pequeno vulto,
mirrado corpo, que levam
pela nave, além das grades,
e ao pé do altar-mor enterram.

Dona Bárbara Eliodora,
tão altiva e tão cantada,
que foi Bueno e foi Silveira,
dama de tão alta casta
que em toda a terra das Minas
a ninguém se comparara,

lá vai para a fria campa,
já sem nome, voz nem peso,
entre palavras latinas,
velas brancas, panos negros,
– lá vai para as longas praias
do sobre-humano degredo.

Nove padres vão rezando...
(Dizei-me se ainda é preciso!...
Fundos calabouços frios
devoraram-lhe o marido.
Quatro punhais teve nalma,
na sorte de cada filho.

E, conforme a cor da lua,
viram-na, exaltada e brava,
falar às paredes mudas
da casa desesperada,

invocar Reis e Rainhas,
clamar às pedras de Ambaca.)

Ela era a Estrela do Norte,
ela era Bárbara, a bela...
(Secava-lhe a tosse o peito,
queimava-lhe a febre a testa.)
Agora, deitam-na, exausta,
num simples colchão de terra.

Nove padres vão rezando
sobre o seu pálido corpo.
E os vultos já se retiram,
e a pedra cobre-lhe o sono,
e os missais já estão fechados
e as velas secam seu choro.

Dona Bárbara Eliodora
toma vida noutros mundos.
Grita a amigos e parentes,
quer saber de seus defuntos:
ronda igrejas e presídios,
fala aos santos mais obscuros.

Transparente de água e lua,
velha poeira em sonho de asa,
Dona Bárbara Eliodora
move seu débil fantasma
entre o túmulo e a memória:
mariposa na vidraça.

Nove padres já rezaram.
Já vão longe, os nove padres.
Uma porta vai rodando,
vão rodando grossas chaves.
Fica o silêncio pensando,
nessa pedra, além das grades.

Retrato de Marília em Antônio Dias

(Essa, que sobe vagarosa
a ladeira da sua igreja,
embora já não mais o seja,
foi clara, nacarada rosa.

E seu cabelo destrançado,
ao clarão da amorosa aurora,
não era esta prata de agora,
mas negro veludo ondulado.

A que se inclina pensativa,
e sobre a missa os olhos cerra,
já não pertence mais à terra:
é só na morte que está viva.

Contemplam todas as mulheres
a mansidão das suas ruínas,
sustentada em vozes latinas
de réquiens e de misereres.

Corpo quase sem pensamento,
amortalhado em seda escura,
com lábios de cinza murmura
"memento, memento, memento...",

ajoelhada no pavimento
que vai ser sua sepultura.)

Cenário

(Sentada estava a Rainha,
sentada em sua loucura.
Que sombras iam passando,
naquela memória escura?
Vagas espumas incertas
sobre afogada amargura...)

Andaram por estas casas
tristes réus que já morreram...
Longas lágrimas banharam
as pedras desta Cadeia.
Uma ferrugem de insônias
desgastava as fortalezas.

Daquele lado, elevaram
forca de grossas madeiras...
Choraram por estes ares
os sinos destas igrejas.
E houve séquito e carrasco...
E as ruas ainda se lembram...

E o retrato da Rainha,
por entre luzes acesas,
pairava sobre a agonia
daquelas inquietas cenas:
Ela – a imagem da Justiça!
Ela – a imagem da Clemência!

Naus de nomes venturosos,
navegando entre estas penhas,
buscaram terras de exílios,
com febres nas águas densas.
Homens que dentro levavam,
iam para eterna ausência.

Por detrás daqueles morros,
por essas lavras imensas,
ouro e diamantes houvera...
– e agora só decadência,
e florestas de suspiros,
e campinas de tristeza...

(Sentada estava a Rainha,
sentada, a olhar a cidade.
Quando fora, tudo aquilo?
Em que lugar? Em que idade?
Vassalos, mas de que reino?
Reino de que Majestade?)

Romance LXXXI ou Dos ilustres assassinos

Ó grandes oportunistas,
sobre o papel debruçados,
que calculais mundo e vida
em contos, doblas, cruzados,
que traçais vastas rubricas
e sinais entrelaçados,
com altas penas esguias
embebidas em pecados!

Ó personagens solenes
que arrastais os apelidos
como pavões auriverdes
seus rutilantes vestidos,
– todo esse poder que tendes
confunde os vossos sentidos:
a glória, que amais, é desses
que por vós são perseguidos.

Levantai-vos dessas mesas,
saí das vossas molduras,
vede que masmorras negras,
que fortalezas seguras,
que duro peso de algemas,
que profundas sepulturas
nascidas de vossas penas,
de vossas assinaturas!

Considerai no mistério
dos humanos desatinos,
e no polo sempre incerto
dos homens e dos destinos!

Por sentenças, por decretos,
pareceríeis divinos:
e hoje sois, no tempo eterno,
como ilustres assassinos.

Ó soberbos titulares,
tão desdenhosos e altivos!
Por fictícia austeridade,
vãs razões, falsos motivos,
inutilmente matastes:
– vossos mortos são mais vivos;
e, sobre vós, de longe, abrem
grandes olhos pensativos.

Romance LXXXII ou
Dos passeios da Rainha louca

Entre vassalos de joelhos,
lá vai a Rainha louca,
por uma cidade triste
que já viu morrer na forca
ai, um homem sem fortuna
que falara em Liberdade...

Batedores e lacaios,
camarista, cavaleiros,
segue toda a comitiva,
nesses estranhos passeios
que oxalá fossem felizes
para Sua Majestade.

Colinas de esquecimento,
praias de ridentes águas,
palmas, flores, nada esconde
aquelas visões amargas
que noite e dia a Rainha
cercam de horror e ansiedade.

Ai, parentes, ai, ministros,
ai, perseguidos fidalgos...
Ai, pobres Inconfidentes,
duramente condenados
por que sombria sentença,
alheia à sua vontade!

"Vou para o Inferno!" – murmura.
"Já estou no Inferno!" "Não quero
que o Diabo me veja!"... – clama.

(É sobre chamas do Inferno
que rola a dourada sege,
com grande celeridade...)

Do cetro já não se lembra,
nem de mantos nem coroas,
nem de serenins do Paço,
nem de enterros nem de bodas:
só tem medo do Demônio,
de seu fogo sem piedade.

Toda vestida de preto,
solto o grisalho cabelo,
escondida atrás do leque,
velhinha, a chorar de medo,
Dona Maria Primeira
passeia pela cidade.

Romance LXXXIII ou Da Rainha morta

Ah! nem mais rogo nem promessa
nem procissão nem ladainha:
somente a voz do sino grande
que brada: "Está morta a Rainha!"
Ai, a neta de D. João Quinto!
Ai, a filha de Marianinha!
Tão gasta pela idade, apenas
a amarga loucura a sustinha.

E eram ecos da artilharia,
dos navios, das fortalezas...
Bandeiras tristes, vasto pranto
de criados, fidalgos, princesas...
No altar, a cruz a abrir os braços
para a miséria das grandezas.
Em redor da cama, os tocheiros,
com chorosas tochas acesas.

Ordens de Cristo, Avis, São Tiago,
cobrindo-lhe o negro vestido.
Manto de veludo encarnado,
de estrelas de ouro guarnecido.
O braço esquerdo, sobre o peito,
o outro, nas sedas estendido:
e toda a corte prosternada,
nesse beija-mão comovido.

Em caixões de lhama e de chumbo,
foi seu velho corpo guardado.
Mil perfumes o socorriam,
para manter-se embalsamado.

E o resto eram franjas e borlas
e veludo preto agaloado
e o cetro e a coroa marcando
o fim de um trágico reinado.

Era o clero, a nobreza, o povo
e, entre aspersões e responsórios,
estolas, reverências, velas,
a oscilação dos incensórios.
E cavalos de mantas pretas
levando a vagos territórios
um pequeno corpo sozinho,
perdido em régios envoltórios.

O resto era a noite, a lembrança
daquela mão, póstuma e pura,
que causara degredo e morte
com sua breve assinatura,
e logo lavara o seu gesto
no eterno fogo da loucura.

Coches negros nas ruas negras.
Lento ritmo de negros vultos.
Deslizava o enterro solene.
E, no enorme silêncio ocultos,
os pensamentos recordavam
tempos e rostos insepultos...

Romance LXXXIV ou Dos cavalos da Inconfidência

Eles eram muitos cavalos,
ao longo dessas grandes serras,
de crinas abertas ao vento,
a galope entre águas e pedras.
Eles eram muitos cavalos,
donos dos ares e das ervas,
com tranquilos olhos macios,
habituados às densas névoas,
aos verdes prados ondulosos,
às encostas de árduas arestas,
à cor das auroras nas nuvens,
ao tempo de ipês e quaresmas.

Eles eram muitos cavalos
nas margens desses grandes rios
por onde os escravos cantavam
músicas cheias de suspiros.
Eles eram muitos cavalos
e guardavam no fino ouvido
o som das catas e dos cantos,
a voz de amigos e inimigos,
– calados, ao peso da sela,
picados de insetos e espinhos,
desabafando o seu cansaço
em crepusculares relinchos.

Eles eram muitos cavalos,
– rijos, destemidos, velozes –
entre Mariana e Serro Frio,
Vila Rica e Rio das Mortes.
Eles eram muitos cavalos,

transportando no seu galope
coronéis, magistrados, poetas,
furriéis, alferes, sacerdotes.
E ouviam segredos e intrigas,
e sonetos e liras e odes:
testemunhas sem depoimento,
diante de equívocos enormes.

Eles eram muitos cavalos,
entre Mantiqueira e Ouro Branco,
desmanchando o xisto nos cascos,
ao sol e à chuva, pelos campos,
levando esperanças, mensagens,
transmitidas de rancho em rancho.
Eles eram muitos cavalos,
entre sonhos e contrabandos,
alheios às paixões dos donos,
pousando os mesmos olhos mansos
nas grotas, repletas de escravos,
nas igrejas, cheias de santos.

Eles eram muitos cavalos:
e uns viram correntes e algemas,
outros, o sangue sobre a forca,
outros, o crime e as recompensas.
Eles eram muitos cavalos:
e alguns foram postos à venda,
outros ficaram nos seus pastos,
e houve uns que, depois da sentença,
levaram o Alferes cortado
em braços, pernas e cabeça.
E partiram com sua carga
na mais dolorosa inocência.

Eles eram muitos cavalos.
E morreram por esses montes,
esses campos, esses abismos,
tendo servido a tantos homens.

Eles eram muitos cavalos,
mas ninguém mais sabe os seus nomes,
sua pelagem, sua origem...
E iam tão alto, e iam tão longe!
E por eles se suspirava,
consultando o imenso horizonte!
– Morreram seus flancos robustos,
que pareciam de ouro e bronze.

Eles eram muitos cavalos.
E jazem por aí, caídos,
misturados às bravas serras,
misturados ao quartzo e ao xisto,
à frescura aquosa das lapas,
ao verdor do trevo florido.
E nunca pensaram na morte.
E nunca souberam de exílios.
Eles eram muitos cavalos,
cumprindo seu duro serviço.
A cinza de seus cavaleiros
neles aprendeu tempo e ritmo,
e a subir aos picos do mundo...
e a rolar pelos precipícios...

Romance LXXXV ou
Do testamento de Marília

Triste pena, triste pena
que pelo papel deslizas!
– que cartas não escreveste,
– que versos não improvisas,
– que entre cifras te debates
e em cifras te imortalizas...

Ai, fortunas, ai, fortunas...
Doblas, oitavas, cruzados,
vastos dinheiros antigos,
pelas paredes guardados,
prêmio de tantos traidores,
dor de tantos condenados!

Escreve Marília, escreve
seu pequeno testamento;
na verdade, por que vive,
se a morte é o seu alimento?
se para a morte caminha,
na sege do tempo lento?

Cortesias, cortesias
de quem diz adeus ao mundo:
breves lembranças; presentes
amáveis, de moribundo.
Que sois vós, ouro das Minas,
no oceano de Deus, tão fundo?

Reparti-vos, reparti-vos,
ouro de tantas cobiças...

(Tanto amor que separastes,
entre injúrias e injustiças!
E agora aqui sois contado
para a piedade das missas!)

Triste pena, triste pena...
Triste Marília que escreve.
Tão longa idade sofrida,
para uma vida tão breve.
Muitas missas... Muitas missas...
(Que a terra lhe seja leve.)

Fala aos Inconfidentes mortos

Treva da noite,
lanosa capa
nos ombros curvos
dos altos montes
aglomerados...
Agora, tudo
jaz em silêncio:
amor, inveja,
ódio, inocência,
no imenso tempo
se estão lavando...

Grosso cascalho
da humana vida...
Negros orgulhos,
ingênua audácia,
e fingimentos
e covardias
(e covardias!)
vão dando voltas
no imenso tempo,
– à água implacável
do tempo imenso,
rodando soltos,
com sua rude
miséria exposta...

Parada noite,
suspensa em bruma:
não, não se avistam
os fundos leitos...

Mas, no horizonte
do que é memória
da eternidade,
referve o embate
de antigas horas,
de antigos fatos,
de homens antigos.

E aqui ficamos
todos contritos,
a ouvir na névoa
o desconforme,
submerso curso
dessa torrente
do purgatório...

Quais os que tombam,
em crime exaustos,
quais os que sobem,
purificados?

Como escrevi o *Romanceiro da Inconfidência*

Um Gênio singular protegeu, desde o princípio, Vila Rica: fê-la surgir, prestigiosa e riquíssima, das curtas ondas de um riacho – fábula maior que a da própria Vênus, que nasceu do grandioso mar.

Concentrou entre estes muros de pedra, tão longe do convívio fácil dos lugares ilustres do século XVIII, um grupo de homens que estiveram, na sua época, tão ao corrente dos fatos e dos vultos seus contemporâneos – que puderam repercutir, neste pequeno recanto, as ideias mais avançadas da Europa, e foram murmurados nestes ares os nomes mais famosos do mundo, e lidos a esta luz os livros mais arrojados do tempo –, com uma naturalidade que impressiona, comove e quase assusta.

O Gênio protetor de Vila Rica, num jogo estranho, foi dispondo, entre estas águas e pedras, enigmáticos dados: o do Ouro – o da Ciência – o das Artes – o da Liberdade – o do Amor... Eram os dados brancos. Mas dispunha também os negros: o da Inveja – o da Ambição – o da Maledicência – o da Impostura – o da Tirania – o da Pusilanimidade...

E foi um jogo que durou cem anos: o tempo de nascer e morrer o Arraial de Ouro Podre, de se encontrarem aqui homens de todos os pontos cardeais: do Serro e de Juiz de Fora; de Mariana e do Rio das Mortes; do Rio de Janeiro e de São Paulo; do Porto, de Lisboa, de Leiria, dos Açores, que tinham cada qual uma função a exercer nos singulares acontecimentos ocorridos nestes palácios, nestas casas, ao longo destas ruas, à margem destes rios, dentro destas igrejas...

A quase dois séculos de distância, podemos ver o movimento de todas essas peças, na tremenda partida confusamente jogada, contra Ouro Podre, Mestre Pascoal e Felipe dos Santos – figura do Conde de Assumar; contra Gonzaga, Alvarenga, Cláudio Manuel, Tiradentes, Freire de Andrade, Maciel, Luiz Vieira, isto é, a nobreza da raça, da hierarquia, do pensamento, da cultura – um Silvério dos Reis, um Pamplona, um Malheiros de Brito... E contra o Alferes Tiradentes, que calcorreou todas estas serras, estas matas, estes caminhos, a serviço de um partido, à mercê de um sonho, às ordens de seus amigos –, a imperícia ou pusilanimidade desses mesmos amigos, a perfídia dos inimigos, a intriga dos calculistas, dos oportunistas; a hipocrisia dos ministros, e o impressionante vulto de uma Rainha cujas virtudes celebradas, antes, pelos próprios réus poetas, haviam de submergir – no momento mais dramático do grande jogo – em ondas de inconsciência e loucura: para que se cumprissem nessa fantástica Vila Rica as intenções do Gênio que, assim, a protegê-la e a persegui-la, a faria exorbitar de sua geografia, e refletir-se no Brasil todo, e projetar o Brasil no mundo, e transcender o mundo e universalizar-se em alado exemplo, símbolo, conceito, alegoria, recado dos deuses aos homens para seu ensinamento constante.

A duzentos anos de distância, embora ainda velados muitos pormenores desse fantástico enredo, sente-se a imprescindibilidade daqueles encontros, de raças e homens; do nascimento do ouro; da grandeza e decadência das Minas; desses gráficos tão bem traçados da ambição que cresce e da humanidade que declina; a imprescindibilidade das lágrimas e exílios, da humilhação do abandono amargo, da morte afrontosa – a imprescindibilidade das vítimas, para a definitiva execração dos tiranos. E para que, no fim da partida – como em todas as parábolas – neste diálogo do céu com a terra, fossem obscurecidas para sempre as glórias efêmeras, e, por toda a eternidade, exaltados e glorificados os que padeceram opressão e martírio...

Quando, há cerca de quinze anos, cheguei pela primeira vez a Ouro Preto, o Gênio que a protege descerrou, como num teatro, o véu das recordações que, mais do que a sua bruma, envolve estas montanhas e estas casas –, e todo o presente emudeceu, como plateia humilde, e os antigos atores tomaram suas posições no palco. Vim com o modesto propósito jornalístico de descrever as comemorações de uma Semana Santa; porém os homens de outrora misturaram-se às figuras eternas dos andores; nas vozes dos cânticos e nas palavras sacras, insinuaram-se conversas do Vigário Toledo e do Cônego Luiz Vieira; diante dos nichos e dos Passos, brilhou o olhar de donas e donzelas, vestidas de roupas arcaicas, com seus perfis inatuais e seus nomes de outras eras. Na procissão dos vivos caminhava uma procissão de fantasmas: pelas esquinas estavam rostos obscuros de furriéis, carapinas, boticários, sacristães, costureiras, escravos – e pelas sacadas debruçavam-se aias, crianças, como povo aéreo, a levitar sobre o peso e a densidade do cortejo que serpenteava pelas ladeiras.

Então, dos grandes edifícios, um apelo irresistível me atraía: as pedras e as grades da Cadeia contaram sua construção – o suor e os castigos incorporados aos seus alicerces; o palácio dos governadores ressoava com as irreverências de Critillo; a Casa da Ouvidoria mostrava na sombra o desembargador-poeta, louro, amoroso, suave, com um pré-romantismo inglês a amadurecer nos olhos azuis; o sobrado de Francisco de Paula Freire de Andrade insistia em ostentar suas cortinas de damasco, em suas colchas de seda, em sua fidalguia bastarda, mas da melhor linhagem; a casa de Cláudio ressoava de suspiros a Nise, de epístolas, de sonetos em português e em italiano; o Largo de Dirceu estava cheio de mensagens à procura do palácio da Amada e das suas sonoras fontes; a igreja de Antônio Dias deixava passar Marília menina, Marília adolescente, Marília feliz, Marília triste, Marília encarquilhada, Marília morta... – A Casa dos Contos, esta casa onde o destino me faria falar, centralizava tudo isso; o cavalo do Cônego Vieira estacava à sua porta; o Alvarenga, "o tal desgraçado Alvarenga", magistrado, poeta, minerador, entrava por ela adentro, para cear com seu compadre João Rodrigues de Macedo, admirar a edificação recente, conspirar, jogar gamão... Assoma Tiradentes, a colocar dentes muito bem talhados no caixeiro Vicente Vieira da Mota, guarda-livros do dono da casa... Viria o padre Rolim, assustado com perseguições que o tinham feito sair do meio dos diamantes do Tejuco... Viria Francisco Antônio de Oliveira Lopes, tão gordo que – dizia por gracejo – valia por quatro, na conspiração que se tramava. Viria o próprio Joaquim Silvério, ávido de bens, terras, títulos, comendas, a espionar pensamentos, palavras e atos. Viria – na bruma das lendas – Cláudio Manuel, para um cubículo sob a escada, e aqui desapareceria misteriosamente.

E assim a minha Semana Santa era aquela que eu estava acompanhando ao longo destas ruas e era muito mais antiga.

Era, na verdade, a última Semana Santa dos Inconfidentes: a do ano de 1789.

Lembrai-vos dos altares,
destes anjos e santos,
com seus olhos audazes
nos mundos sobre-humanos.

(Haverá sombra e umidade
em vossas pálpebras tristes,
com o céu preso numa grade.)

Vede esses panos roxos
que envolvem as imagens!
Desaparecem todos
os vultos, em saudade.

(Lutuoso véu de horizonte
aguarda a fria fadiga
da vossa pálida fronte.)

Recordai pelos ares
o alvo incenso que sobe.
Que diáfana paragem
atingirá quem sofre?

(Os pensamentos mais puros
estremecerão fechados
por inabaláveis muros.)

Oh!, como é triste a carne,
e triste o sangue, e o pranto
com que Deus se reparte,
incompreendido e manso.

(Como pedras sem ruído
cairão as vossas rezas
por desertos sem ouvido.)

Pois o amor não é doce,
pois o bem não é suave,
pois amanhã, como ontem,
é amarga, a Liberdade.

(Gemei, sobre estes Ofícios,
que eles são, transfigurados,
vossos próprios sacrifícios.)

Deixei Ouro Preto – e seguiram comigo todos esses fantasmas. Seguiram outros, que fui encontrar na comarca do Rio das Mortes: os que vivem à janela de Bárbara Eliodora, os que cercam a fonte de S. José del Rey; os que se encontram aos altares, entre anjos e santos; os que sobem aos púlpitos; os que apontam as pinturas cheias de intenções na casa do Vigário Toledo...

E também os que por toda parte se levantam das suas cadeiras de cabiúna; os que abrem livros franceses e ingleses, que já vão sendo da Sociologia; e os que cheiram uma rosa, perto de um crucifixo; e os que discutem Vergílio e Horácio; e os que emparelham versos em forma de soneto, ode, lira; os que recordam Metastácio e os que discutem o Abade Raunal; os que conhecem Montesquieu e Voltaire e os que soletram as Horas Marianas; os que entendem de arquitetura, pintura, escultura, e os que preparam a sua viagem de estudos a Coimbra...

Tudo isto, de terra em terra, com os negros a catarem ouro e diamantes; a comerem ovos fritos, a beberem cachaça; a contarem casos de Jequitinhonha, da Chica da Silva, do Chico Rei, de extravios, de contrabandos, de aparições e bruxarias... Tudo isto com donzelas em redor de oratórios, cantorias de terço, velas, promessas, pais prepotentes, noivos impossíveis, tremós dourados, seges de rodas vermelhas, cadeirinhas – também casamentos, saraus, vastas comidas e bebidas, canto, danças, música de órgão e de violinos... Tudo isso, e cavalhadas, luminárias – eco das alegrias longínquas da corte, nestas paredes coloniais, já palpitantes de vida própria...

Então, na minha cidade, a visão de Ouro Preto e a lembrança de Vila Rica se sobrepunham ao cenário moderno e frívolo da vida diária: a Rua Gonçalves Dias apagava seus esplendores atuais: e apenas me obrigava a contemplar a provável porta do prateiro Domingos da Cruz, por onde desceu, preso – afinal! –, Joaquim José da Silva Xavier, o Tiradentes. E a Rua da Assembleia gritava-me o caminho do mártir, até a forca. E a Igreja de Nossa Senhora Mãe dos Homens contava-me a sua passagem por ali, em direção ao Paço, sob o olhar oculto do espião Joaquim Silvério. E da Ilha das Cobras, da Fortaleza da Conceição, do local da antiga cadeia, de mil pontos diversos, o nome do Alferes, o sangue do Alferes gritavam, clamavam – não a sua desgraça, mas a enormidade daquela tragédia desenrolada entre Minas e o Rio, forte, violenta, inexorável como as mais perfeitas de outros tempos, dos tempos antigos da Grécia, e que os helenos fixaram por escrito, e que até hoje servem de alta lição, para acabar de humanizar os homens.

Não posso mover meus passos
por esse atroz labirinto
de esquecimento e cegueira
em que amores e ódios vão:
– pois sinto bater os sinos,
percebo o roçar das rezas,
vejo o arrepio da morte,
à voz da condenação;
– avisto a negra masmorra
e a sombra do carcereiro
que transita sobre angústias,
com chaves no coração;
– descubro as altas madeiras
do excessivo cadafalso
e, por muros e janelas,
o pasmo da multidão.

Batem patas de cavalos.
Suam soldados imóveis.
Na frente dos oratórios,
que vale mais a oração?
Vale a voz do Brigadeiro
sobre o povo e sobre a tropa,
louvando a augusta Rainha,
– já louca e fora do trono –
na sua proclamação.

Ó meio-dia confuso,
ó vinte-e-um de abril sinistro,

que intrigas de ouro e de sonho
houve em tua formação?
Quem ordena, julga e pune?
Quem é culpado e inocente?
Na mesma cova do tempo
cai o castigo e o perdão.
Morre a tinta das sentenças
e o sangue dos enforcados...
– liras, espadas e cruzes
pura cinza agora são.
Na mesma cova, as palavras,
o secreto pensamento,
as coroas e os machados,
mentira e verdade estão.

Aqui, além, pelo mundo,
ossos, nomes, letras, poeira...
Onde, os rostos? onde, as almas?
Nem os herdeiros recordam
rastro nenhum pelo chão.

Ó grandes muros sem eco,
presídios de sal e treva
onde os homens padeceram
sua vasta solidão...

Não choraremos o que houve,
nem os que chorar queremos:
contra rocas de ignorância
rebenta a nossa aflição.

Choramos esse mistério,
esse esquema sobre-humano,
a força, o jogo, o acidente
da indizível conjunção
que ordena vidas e mundos

em polos inexoráveis
de ruína e de exaltação.

Ó silenciosas vertentes
por onde se precipitam
inexplicáveis torrentes,
por eterna escuridão!

Muitas vezes me perguntei por que não teria existido um escritor do século XVIII – e houve tantos, em Minas! – que pusesse por escrito essa grandiosa e comovente história. Mas a duzentos anos de distância, pode-se entender por que isso não aconteceu, principalmente se levarmos em conta a importância do traumatismo provocado por um episódio desses, em tempos de duros castigos, severas perseguições, lutas sangrentas pela transformação do mundo, em grande parte estruturada por instituições secretas, de invioláveis arquivos.

Também muitas vezes me perguntei se devia obedecer a esse apelo dos meus fantasmas, e tomar o encargo de narrar a estranha história de que haviam participado e de que me obrigaram a participar também, tantos anos depois, de modo tão diferente, porém, com a mesma, ou talvez maior, intensidade.

Sem sombra de positivismo, posso, no entanto, confirmar por experiência a verdade de que "somos sempre e cada vez mais governados pelos mortos". Porque nesse mundo emocional que o tempo acumula todos os dias nem o mais breve suspiro se perde, se ele foi dedicado ao aperfeiçoamento da vida. Muitas coisas se desprendem e perdem – ou parecem desprendidas e perdidas – ilimitado tempo; mas outros vêm, como heranças intactas, de geração em geração, caminhando conosco, vivas para sempre, vivas e atuantes, e não lhes podemos escapar, e sentimos que não lhes podemos resistir.

Assim, na história da Inconfidência, o lenço do Alferes Vitoriano, a enxugar-lhe o suor da testa, na jornada entre São João e Vila Rica; o embuçado que andou por estas ruas a prevenir das prisões; o riso dos tropeiros a escarnecerem de Tiradentes; o desaforo do sapateiro Capanema, em certa noite de festa; o comentário das Pilatas, acerca de uma promessa do Alferes; a falsa indignação do caixeiro Vicente da Mota; a lista dos sequestros; as figuras dos meirinhos; as conversas anônimas, tudo tem importância, tudo organiza e completa o grande ato trágico – tal qual, em cena, a luz, o pano da cortina, a corda que a faz correr, os cenários que servem de fundo formam um conjunto impossível de separar; e, como no equilíbrio do universo, tudo tem seu lugar, e nada é casual nem insignificante.

No decorrer das minhas incertezas e dos meus escrúpulos em aproximar-me de tema tão grave, os fantasmas começaram a repetir suas próprias palavras de outrora: as palavras registradas nos depoimentos do processo, ou na memória tradicional, vinham muitas vezes, e inesperadamente, já metrificadas:

"Estes branquinhos do Reino
nos querem tomar a terra:
porém, mais tarde ou mais cedo,
os deitamos fora dela..."

"Ah! se eu me apanhasse em Minas", exclamava o Alferes, sentindo-se, no Rio, desamparado.

Até os nomes de alguns personagens foram versos perfeitos:

"Tomás Antônio Gonzaga"
"Joaquim José da Silva Xavier"
"Dona Bárbara Eliodora..."
"Vicente Vieira da Mota..."
"Sapateiro Capanema..."
"Dona Maria Primeira..."

O protesto de Marília, ao ouvir falar no casamento de Gonzaga, em Moçambique, se expressa num curto verso:

"Só se estivesse alienado!"

Assim, a primeira tentação, diante do tema insigne, e conhecendo-se tanto quanto possível, através dos documentos do tempo, seus pensamentos e sua fala – seria reconstituir a tragédia na forma dramática em que foi vivida, redistribuindo a cada figura o seu verdadeiro papel. Mas se isso bastasse, os documentos oficiais com seus interrogatórios e respostas, suas cartas, sentenças e defesas realizariam a obra de arte ambicionada, e os fantasmas sossegariam, satisfeitos.

Nesse ponto descobrem-se as distâncias que separam o registro histórico da invenção poética: o primeiro fixa determinadas verdades que servem à explicação dos fatos; a segunda, porém, anima essas verdades de uma força emocional que não apenas comunica fatos, mas obriga o leitor a participar intensamente deles, arrastado no seu mecanismo de símbolos, com as mais inesperadas repercussões.

Ainda que se soubessem todas as palavras de cada figura da Inconfidência, nem assim se poderia fazer com o seu simples registro uma composição da arte. A obra de arte não é feita de tudo – mas apenas de algumas coisas essenciais. A busca desse essencial expressivo é que constitui o trabalho do artista. Ele poderá dizer a mesma verdade do historiador, porém de outra maneira. Seus caminhos são outros, para atingir a comunicação. Há um problema de palavras. Um problema de ritmos. Um problema de composição. Grande parte de tudo isso se realiza, decerto, sem inteira consciência do artista. É a decorrência natural da sua constituição, da sua personalidade – por isso, tão difícil se torna quase sempre a um criador explicar a própria criação. Quanto mais subjetiva seja ela, maior a dificuldade de explicá-la – é quase impossível chorar e perceber nitidamente o caminho das lágrimas, desde as suas raízes até os olhos. No caso, porém, de um poema de mais objetividade, como o *Romanceiro*, muitas coisas podem ser explicadas, porque foram aprendidas, à proporção que ele se foi compondo.

Digo "que ele se foi compondo" e não "que foi sendo composto", pois, na verdade, uma das coisas que pude observar melhor que nunca, ao realizá-lo, foi a maneira por que um tema encontra sozinho ou sozinho impõe seu ritmo, sua sonoridade, seu desenvolvimento, sua medida.

O *Romanceiro* foi construído tão sem normas preestabelecidas, tão à mercê de sua expressão natural que cada poema procurou a forma condizente com sua mensagem. Há metros curtos e longos; poemas rimados e sem rima, ou com rima assonante – o que permite maior fluidez à narrativa. Há poemas em que a rima aflora em intervalos regulares, outros em que ela aparece, desaparece e reaparece, apenas quando sua presença é ardentemente necessária. Trata-se, em todo caso, de um "romanceiro", isto é, de uma narrativa rimada, um romance: não é um "cancioneiro" – o que implicaria o sentido mais lírico da composição cantada.

Nesse ponto, já ficara ultrapassada a ideia de uma composição dramática. Impossível distribuir a cada personagem seu verdadeiro papel: seria atribuir-lhes, por vezes, pensamentos e sentimentos incompatíveis com a sua psicologia, e dar-lhes uma linguagem que não podemos reconstituir com suficiente perfeição.

O *Romanceiro* teria a vantagem de ser narrativo e lírico; de entremear a possível linguagem da época à dos nossos dias; de, não podendo reconstituir inteiramente as cenas, também não as deformar inteiramente; de preservar aquela autenticidade que ajusta à verdade histórica o halo das tradições e da lenda.

A voz irreprimível dos fantasmas, que todos os artistas conhecem, vibra, porém, com certa docilidade, e submete-se à aprovação do poeta, como se, realmente, a cada instante lhe pedisse para ajustar seu timbre à audição do público. Porque há obras que existem apenas para o artista, desinteressadas de transmissão; outras que exigem essa transmissão e esperam que o artista se ponha a seu serviço, para alcançá-la. O *Romanceiro* é desta segunda espécie.

Por isso, a parte "pessoal" que nele se encontre, é uma simples intervenção para favorecer o desenvolvimento do tema: aqui, o artista apenas vigia a narrativa que parece desenvolver-se por si, independente e certa do que quer. Os "cenários" são intervenções para marcar os ambientes respectivos, exatamente como numa indicação dramática. E se o artista se permite alguma reflexão sobre o que vai acontecendo, é como espectador que comenta, entre outros comentadores imaginários, ou cronista que observa, entre outros que estão observando – o que confere ao livro uma simultaneidade que se procurou assinalar até pela disposição gráfica dos versos, e pela diferença dos tipos de impressão.

Os fantasmas sabiam, certamente, o que queriam dizer; mas o artista deve sempre desconfiar de sua capacidade de entender essas inspirações que se referem a motivos determinados, e contêm uma verdade íntima.

Por isso, quatro anos de quase completa solidão, numa renúncia total às mais sedutoras solicitações, entre livros de toda espécie relativos ao especializadamente século XVIII – ainda pareceram curtos demais para uma obra que se desejava o menos imperfeita possível – porque se impunha, acima de tudo, o respeito por essas vozes que falavam, que se confessavam, que exigiam, quase o registro da sua história.

E era uma história feita de coisas eternas e irredutíveis: de ouro, amor, liberdade, traições...

Mas porque esses grandiosos acontecimentos já vinham preparados de tempos mais antigos, e foram o desfecho de um passado minuciosamente construído – era preciso iluminar esses caminhos anteriores, seguir o rastro do ouro que vai, a princípio como o fio de um colar, ligando cenas e personagens, até transformar-se em pesada cadeia que prende e imobiliza num destino doloroso.

Mil bateias vão rodando
sobre córregos escuros;
a terra vai sendo aberta
por intermináveis sulcos;
infinitas galerias
penetram morros profundos.

De seu calmo esconderijo,
o ouro vem, dócil e ingênuo;
torna-se pó, folha, barra,
prestígio, poder, engenho...
É tão claro! – e turva tudo:
honra, amor e pensamento.

Borda flores nos vestidos,
sobe a opulentos altares,
traça palácios e pontes,
eleva os homens audazes,
e acende paixões que alastram
sinistras rivalidades.

Pelos córregos, definham
negros, a rodar bateias.
Morre-se de febre e fome
sobre a riqueza da terra:
uns querem metais luzentes,
outros, as redradas pedras.

Ladrões e contrabandistas
estão cercando os caminhos;
cada família disputa
privilégios mais antigos;
os impostos vão crescendo
e as cadeias vão subindo.

Por ódio, cobiça, inveja,
vai sendo o inferno traçado.

Os reis querem seus tributos,
– mas não se encontram vassalos.
Mil bateias vão rodando,
mil bateias sem cansaço.

Mil galerias desabam;
mil homens ficam sepultos;
mil intrigas, mil enredos
prendem culpados e justos;
já ninguém dorme tranquilo,
que a noite é um mundo de sustos.

Descem fantasmas dos morros,
vêm almas dos cemitérios:
todos pedem ouro e prata,
e estendem punhos severos,
mas vão sendo fabricadas
muitas algemas de ferro.

A dois séculos de distância, o espetáculo ainda é tão assombroso que o artista se sente inibido para qualquer julgamento. Que de tão longe uma Rainha bondosa tenha causado tanto mal; que essa Rainha enlouqueça e venha a morrer no cenário final do drama; que os condenados sigam para lugares severos, e cada um tenha um fim diverso; que os fatos e pessoas deixados para trás se combinem, também, de modo tão estranho; que os perversos sejam cobertos de efêmeras recompensas; que nos esqueçam, que outros chorem; que os sonhos dos Inconfidentes se cumpram, depois de tantas sentenças; e o Brasil se torne independente dali a 31 anos, e a República seja proclamada exatamente ao cumprir-se um século sobre aquelas prisões – tudo parece impregnado de um mistério claro, desejoso de revelar-se e de se fazer compreender. O *Romanceiro* não julga. Ele é apenas um convite à reflexão. Todas as suas páginas mantêm esse desejo de equilíbrio – narrar o que foi ouvido nestes ares de Minas, especialmente nesta Ouro Preto, cheia de ressonâncias incansáveis – e apontar nessa interminável confidência o que lhe dá eternidade, o que não é somente uma palavra ocasional, local, circunstancial – mas uma palavra de violenta seiva, atuante em qualquer tempo, desde que interpretada, como ontem os oráculos e as sibilas.

Isto é, senhores, pouco mais ou menos o que sei do *Romanceiro da Inconfidência*, livro que ainda não acabou, pois basta-me chegar aos caminhos que vêm do Rio para Minas, para recomeçar a ouvir novas narrativas, novos clamores que vêm dos rios, das pedras, dos campos como no "Cenário" inicial.

Passei por essas plácidas colinas
e vi das nuvens, silencioso, o gado
pascer nas solidões esmeraldinas.

Largos rios de corpo sossegado
dormiam sobre a tarde, imensamente,
– e eram sonhos sem fim, de cada lado.

Entre nuvens, colinas e torrente,
uma angústia de amor estremecia
a deserta amplidão na minha frente.

Que vento, que cavalo, que bravia
saudade me arrastava a esse deserto,
me obrigava a adorar o que sofria?

Passei por entre as grotas negras, perto
dos arroios fanados, do cascalho
cujo ouro já foi todo descoberto.

As mesmas salas deram-me agasalho
onde a face brilhou de homens antigos,
iluminada por aflito orvalho.

De coração votado a iguais perigos,
vivendo as mesmas dores e esperanças,
a voz ouvi de amigos e inimigos.

Vencendo o tempo, fértil em mudanças,
conversei com doçura as mesmas fontes,
e vi serem comuns nossas lembranças.

Da brenha tenebrosa aos curvos montes,
do quebrado almocafre aos anjos de ouro
que o céu sustêm nos longos horizontes,

tudo me fala e entende do tesouro
arrancado a estas Minas enganosas,
com sangue sobre a espada, a cruz e o louro.

Tudo me fala e entendo: escuto as rosas
e os girassóis destes jardins, que um dia
foram terras e areias dolorosas,

por onde o passo da ambição rugia;
por onde se arrastava, esquartejado,
o mártir sem direito de agonia.

Escuto os alicerces que o passado
tingiu de incêndio: a voz dessas ruínas
de muros de ouro em fogo evaporado.

Altas capelas contam-me divinas
fábulas. Torres, santos e cruzeiros
apontam-me altitudes e neblinas.

Ó pontes sobre os córregos! ó vasta
desolação de ermas, estéreis serras
que o sol frequenta e a ventania gasta!

Rubras, cinéreas, tenebrosas terras
retalhadas por grandes golpes duros,
de infatigáveis, seculares guerras...

Tudo me chama: a porta, a escada, os muros,
as lajes sobre mortos ainda vivos,
dos seus próprios assuntos inseguros.

Assim viveram chefes e cativos,
um dia, neste campo, entrelaçados
na mesma dor, quiméricos e altivos.

E assim me acenam por todos os lados.
Porque a voz que tiveram ficou presa
na sentença dos homens e dos fados.

Cemitério das almas... – que tristeza
nutre as papoulas de tão vaga essência?
(Tudo é sombra de sombras, com certeza...

O mundo, vaga e inábil aparência,
que se perde nas lápides escritas,
sem qualquer consistência ou consequência.

Vão-se as datas e as letras eruditas
na pedra e na alma, sob etéreos ventos,
em lúcidas venturas e desditas.

E são todas as coisas uns momentos
de perdulária fantasmagoria,
– jogo de fugas e aparecimentos.)

Das grotas de ouro à extrema escadaria,
por asas de memória e de saudade,
com o pó do chão meu sonho confundia.

Armado pó que finge eternidade,
lavra imagens de santos e profetas
cuja voz silenciosa nos persuade.

E recompunha as coisas incompletas:
figuras inocentes, vis, atrozes,
vigários, coronéis, ministros, poetas.

Retrocedem os tempos tão velozes
que ultramarinos árcades pastores
falam de Ninfas e Metamorfoses.

E percebo os suspiros dos amores
quando por esses prados florescentes
se ergueram duros punhos agressores.

Aqui tiniram ferros de correntes;
pisaram por ali tristes cavalos.
E enamorados olhos refulgentes

– parado o coração por escutá-los –
prantearam nesse pânico de auroras
densas de brumas e gementes galos.

Isabéis, Doroteias, Eliodoras,
ao longo desses vales, desses rios,
viram as suas mais douradas horas

em vasto furacão de desvarios
vacilar como em caules de altas velas
cálida luz de trêmulos pavios.

Minha sorte se inclina junto àquelas
vagas sombras da triste madrugada,
fluidos perfis de donas e donzelas.

Tudo em redor é tanta coisa e é nada:
Nise, Anarda, Marília... – quem procuro?
Quem responde a essa póstuma chamada?

Que mensageiro chega, humilde e obscuro?
Que cartas se abrem? Quem reza ou pragueja?
Quem foge? Entre que sombras me aventuro?

Que soube cada santo em cada igreja?
A memória é também pálida e morta
sobre a qual nosso amor saudoso adeja.

O passado não abre a sua porta
e não pode entender a nossa pena.
Mas, nos campos sem fim que o sonho corta,

vejo uma forma no ar subir serena:
vaga forma, do tempo desprendida.
É a mão do Alferes, que de longe acena.

Eloquência da simples despedida:
"Adeus! que trabalhar vou para todos!..."

(Esse adeus estremece a minha vida.)

Nem me são indiferentes os próprios animais. E os cavalos que encontro na paisagem acordam todos os cavalos de outrora, a transportarem recados, pressságios, prisioneiros, defuntos, por estas serras, em todas as gerações.

Eles eram muitos cavalos,
ao longo dessas grandes serras,
de crinas abertas ao vento,
a galope entre águas e pedras.
Eles eram muitos cavalos,
donos dos ares e das ervas,
com tranquilos olhos macios,
habituados às densas névoas,
aos verdes prados ondulosos,
às encostas de árduas arestas,
à cor das auroras nas nuvens,
ao tempo de ipês e quaresmas.

Eles eram muitos cavalos
nas margens desses grandes rios
por onde os escravos cantavam
músicas cheias de suspiros.
Eles eram muitos cavalos
e guardavam no fino ouvido
o som das catas e dos cantos,
a voz de amigos e inimigos,
– calados, ao peso da sela,
picados de insetos e espinhos,
desabafando o seu cansaço
em crepusculares relinchos.

Eles eram muitos cavalos,
– rijos, destemidos, velozes –
entre Mariana e Serro Frio,
Vila Rica e Rio das Mortes.
Eles eram muitos cavalos,
transportando no seu galope
coronéis, magistrados, poetas,
furriéis, alferes, sacerdotes.
E ouviram segredos e intrigas,
e sonetos e liras e odes:

testemunhas sem depoimento,
diante de equívocos enormes.

Eles eram muitos cavalos,
entre Mantiqueira e Ouro Branco,
desmanchando o xisto nos cascos,
ao sol e à chuva, pelos campos,
levando esperanças, mensagens,
transmitidas de rancho em rancho.
Eles eram muitos cavalos,
entre sonhos e contrabandos,
alheios às paixões dos donos,
pousando os mesmos olhos mansos
nas grotas, repletas de escravos,
nas igrejas, cheias de santos.

Eles eram muitos cavalos:
e uns viram correntes e algemas,
outros, o sangue sobre a forca,
outros, o crime e as recompensas.
Eles eram muitos cavalos:
e alguns foram postos à venda,
outros ficaram nos seus pastos,
e houve uns que, depois da sentença,
levaram o Alferes cortado
em braços, pernas e cabeça.
E partiram com sua carga
na mais dolorosa inocência.

Eles eram muitos cavalos.
E morreram por esses montes,
esses campos, esses abismos,
tendo servido a tantos homens.
Eles eram muitos cavalos,
mas ninguém mais sabe os seus nomes,
sua pelagem, sua origem...

E iam tão alto, e iam tão longe!
E por eles se suspirava,
consultando o imenso horizonte!
– Morreram seus flancos robustos,
que pareciam de ouro e bronze.

Eles eram muitos cavalos.
E jazem por aí, caídos,
misturados às bravas serras,
misturados ao quartzo e ao xisto,
à frescura aquosa das lapas,
ao verdor do trevo florido.
E nunca pensaram na morte.
E nunca souberam de exílios.
Eles eram muitos cavalos,
cumprindo seu duro serviço.
A cinza de seus cavaleiros
neles aprendeu tempo e ritmo,
e a subir aos picos do mundo...
e a rolar pelos precipícios...

Dentre muitos romances ainda inéditos, pareceu-me que seria de algum interesse para os que me deram a honra de aqui comparecer, apresentar um que se refere à triste Marília envelhecida – romance que procura fixar, de um lado, a irremediável destruição do tempo e, de outro, essa dureza com que tantos autores exprobaram à dolorida anciã a sua sobrevivência, a sua longevidade, depois de tantos acontecimentos terríveis, em redor de sua juventude e de sua beleza.

Com essa leitura, terminarei esta pequena palestra; desculpando-me ainda uma vez pela modesta contribuição trazida, com ela, à esplêndida semana em que tão justamente se glorifica o Alferes imortal, radiosa expressão dos mais altos sonhos desta cidade, do Brasil e do próprio mundo.

Agradeço-vos a gentileza de me haverdes feito participar de tão significativas festas, e aqui deponho este poema como um ramo de flores sobre esta cidade – como um ramo de puro amor.

Triste pena, triste pena
que pelo papel deslizas!
– que cartas não escreveste,
– que versos não improvisas,
– que entre cifras te debates
e em cifras te imortalizas...

Ai, fortunas, ai, fortunas...
Doblas, oitavas, cruzados,
vastos dinheiros antigos,
pelas paredes guardados,
prêmio de tantos traidores,
dor de tantos condenados!

Escreve Marília, escreve
seu pequeno testamento;
na verdade, por que vive,
se a morte é o seu alimento?
se para a morte caminha,
na sege do tempo lento?

Cortesias, cortesias
de quem diz adeus ao mundo:
breves lembranças; presentes
amáveis, de moribundo.
Que sois vós, ouro das Minas,
no oceano de Deus, tão fundo?

Reparti-vos, reparti-vos,
ouro de tantas cobiças...
(Tanto amor que separastes,
entre injúrias e injustiças!
E agora aqui sois contado
para a piedade das missas!)

Triste pena, triste pena...
Triste Marília que escreve.
Tão longa idade sofrida,
para uma vida tão breve.
Muitas missas... Muitas missas...
(Que a terra lhe seja leve.)

(Conferência proferida na Casa dos Contos, em Ouro Preto, por Cecília Meireles, no 1º Festival de Ouro Preto, em 20 de abril de 1955.)

FORTUNA CRÍTICA

Guia do leitor do *Romanceiro da Inconfidência**

Em suas linhas mestras, o *Romanceiro da Inconfidência* exibe uma bem lograda combinação de dados históricos e elementos inventivos, de relato, monologação e diálogo, de planos temporais e espaciais. Um fio narrativo passa através dessa centena de romances sem que a *ação* se sobreponha à *reflexão*; cortes periódicos ora determinam a mudança de ambientes ou de figuras, ora permitem ao narrador surgir frente ao público e sugerir-lhe nova situação dramática. Obra panorâmica no mais legítimo sentido, o *Romanceiro* deixa perceber, entretanto, cinco partes bem definidas: a do ambiente, a da trama e frustração, a da morte de Cláudio e Tiradentes, a do infortúnio de Gonzaga e Alvarenga, e finalmente a da presença, no Brasil, da rainha D. Maria.

Na primeira parte (romances I-XIX), iniciada pela evocação do sacrifício de Tiradentes e por um retrospecto do cenário em que surgiu a conjuração, entrelaçam-se motivos folclóricos e tradicionais: a descoberta do ouro, o trabalho servil, o espírito aventureiro, etc. A rememoração de certos episódios, como o da donzela assassinada pelo pai, a destruição de Ouro Podre, a troca dos "quintos", o resquesto de que foi agente o ouvidor Bacelar, prepara o clima de violência em que fermentarão as ideias libertárias. Sente-se na sucessão de tais fatos a força incontrolável da

* In: MEIRELES, Cecília. *Obra poética*, Rio de Janeiro: José Aguilar, 1958.

ambição deformando caracteres, armando braços e toldando espíritos. A história do abastado contratador João Fernandes e da Chica da Silva, que são levados à desgraça pela cobiça do conde de Valadares, mostra bem a que ponto a riqueza da terra influía no coração dos homens.

A segunda parte (romances XX-XLVII), também precedida por indicações locativas, revela a marcha da conspiração, seu malogro e o prenúncio das desgraças que se hão de abater sobre os conluiados. Iniciando-se pela apresentação do fermento insurrecional, isto é, as ideias liberais então em voga, focaliza as reuniões preparatórias da conjura, a atividade aliciadora de Tiradentes, a delação e as medidas preventivas. Em torno do Alferes, figura central do episódio histórico, desenvolve-se uma série de motivos poéticos destinados a lhe emprestarem nimbo legendário, como a fala dos velhos, a ironia dos tropeiros, os presságios do cigano, o mistério dos seguidores embuçados, etc. Testemunhas e delatores, desfiando o interminável dos disse que disse, sugerem o emaranhado de palavras levianas em se veem presos afinal todos os denunciados. Aos que testemunharam sem ter visto e a quantos falaram sem ter ouvido se dirige a dura apóstrofe que encerra a segunda parte.

A morte de Claúdio Manuel da Costa e de Joaquim José da Silva Xavier, o Tiradentes, constitui o cerne da terceira parte (romances XLVIII-LXIV). A tragédia é sugerida pelo jogo de cartas da peça inicial; o mistério em torno do suicídio de Cláudio favorece o clima lendário que se deseja emprestar ao infortúnio dos conjurados. No monólogo do carcereiro pressagia-se o fim de Tiradentes, ao mesmo tempo que se levanta contra o leviano poder das palavras acerba diatribe. Entre a morte de Cláudio e o sacrifício de Tiradentes, os romances dedicados a Gonzaga refletem a dolorosa expectativa dos prisioneiros ante a sorte que os aguarda: o enxoval da noiva, que o poeta bordava, interrompe--se como a boa fortuna deste; os recursos judiciários batem em vão contra os desígnios dos poderosos, enquanto se glosa uma das graves liras do poeta: *Daqui nem ouro quero*. Seguem-se os romances da agonia e da morte de Tiradentes: a madrugada precursora, o caminho da forca, o contraste entre o destino do condenado e o ambiente de festa que se forma, a evocação do bêbado que viu o enforcado e a tentativa de se reconstituírem emocionalmente os instantes finais de amargura, abandono e solidão do foragido.

A quarta parte (romances LXV-LXXX) abre-se com um "Cenário" evocador do ambiente em que viveu Gonzaga, seguindo-se os passos do infortúnio que sobre o poeta se abateu: a maledicência dos pequeninos, a antevisão da África inóspita e a suposta despedida de Marília. O romance de Juliana Mascarenhas, que em Moçambique polarizará o afeto de Gonzaga, contrasta liricamente com a "Imaginária serenata" de Marília inconformada.

Grandeza e miséria de Alvarenga Peixoto, o estranho signo que presidia à sua família são os temas imediatos: fidalguia de Bárbara Heliodora, mulher do inconfidente, morte da filha,

Maria Ifigênia, a "princesa do Brasil", e o importante funeral de Heliodora. Remata essa parte a figuração de Marília, octogenária, a caminho da paróquia de Antônio Dias.

A quinta parte do *Romanceiro* representa um novo plano temporal: curta, incisiva, trata de D. Maria I, a mesma que vinte anos antes lavrara as sentenças de morte e degredo, a contemplar com olhos de loucura a terra onde se desenrolou o drama de soldados, poetas e doutores. Os remorsos que a atormentam culminam com a morte.

A lírica exaltação dos "cavalos da Inconfidência", ao mesmo tempo que trai leve ceticismo com respeito à duração das coisas, constitui uma denotação sociológica: a participação do animal na vida brasileira da época.

O testamento de Marília, motivo do romance LXXXV, afasta ainda mais no tempo a perspectiva dramática, encerrando--se o *Romanceiro* com a solene "Fala aos Inconfidentes mortos".

Das personagens citadas no *Romanceiro da Inconfidência*, são de importância maior as que abaixo se relacionam:

CONDE DE ASSUMAR – Em julho de 1720, D. Pedro de Almeida, conde de Assumar, governador de Minas Gerais, entrou em Vila Rica (Ouro Preto) e mandou incendiar as casas dos principais chefes da rebelião que ali estalara no mês anterior. Filipe dos Santos, chefe rebelde, foi enforcado e esquartejado. São do documento em que dava contas de sua justiça as palavras glosadas no romance V: "Eu senhor, bem sei que não tinha jurisdição para proceder tão sumariamente, e que o não podia fazer sem convocar os ministros da comarca..."

Bárbara Heliodora – Mulher do inconfidente Inácio José de Alvarenga Peixoto.

Sapateiro Capanema – Foi denunciado e preso em virtude de propalar rumores alusivos à expulsão dos portugueses.

Cláudio Manuel da Costa – Apontado como um dos cabeças da frustrada rebelião de 1789, enforcou-se poucos dias depois de ser preso. A lenda atribui à sua morte causa criminosa. No seu poema "Vila Rica", trata Cláudio Manuel da Costa da fundação da histórica cidade em que teve lugar a Inconfidência Mineira.

Domingos Fernandes Cruz – Dono da casa em que foi preso, no Rio de Janeiro, o Tiradentes.

Domingos Rodrigues Neves – Encarregado de conduzir para Minas Gerais os despojos de Tiradentes.

Domingos da Silva dos Santos e Domingos Xavier Fernandes – Pai e avô, respectivamente, do mártir da Inconfidência.

Inácio José de Alvarenga Peixoto – Considerado como um dos principais chefes da conjuração, foi desterrado para terras africanas. Era tenente-coronel de cavalaria e poeta de grandes méritos.

João Fernandes – Rico contratador de diamantes, a quem muito perseguiu o conde de Valadares. Tornou-se célebre pelas atenções dispensadas aos mais insólitos desejos de sua amante, a Chica da Silva.

Joaquim José da Silva Xavier – Cognominado o Tiradentes, representou o principal papel na Inconfidência Mineira, aliciando cúmplices, propagando ideias de libertação e buscando o apoio da força armada. Foi enforcado, tendo sido seu corpo esquartejado e posto em exibição pelos lugares em que pregou suas ideias. Alferes de cavalaria, tornou-se a figura de maior significação histórica no drama da Inconfidência.

Joaquim Silvério dos Reis – Constitui a figura negra da Inconfidência, em virtude de ter sido o denunciante, junto ao visconde de Barbacena, dos planos de rebeldia que se tramavam em Vila Rica.

Juliana de Mascarenhas – Jovem de Moçambique, que veio a casar-se com o poeta Tomás Antônio Gonzaga.

D. Maria I, rainha de Portugal – Sob seu reinado tramou-se a insurreição, prontamente abortada, que passou à História com o nome de *Inconfidência Mineira* (1789). Coube-lhe determinar as penas a serem impostas aos conjurados. Em 1808 chegava a terras brasileiras, acompanhando o Príncipe Regente D. João, que fugia à invasão de Portugal pelos franceses. Morreu louca, ainda no Brasil.

Marília – Maria Joaquina Dorotéia de Seixas, foi cantada em versos sob o nome de Marília, pelo noivo Tomás Antônio Gonzaga, que se chamava poeticamente Dirceu.

Maria Ifigênia – Filha de Inácio José de Alvarenga Peixoto e Bárbara Heliodora. Chamada em versos, pelo pai, "Princesa do Brasil".

Padre Rolim – Implicado como um dos principais fomentadores do movimento de rebeldia contra a dominação portuguesa, foi recolhido preso a Lisboa.

Padre Toledo – Teve o mesmo destino do antecedente, em vista de ser apontado como partidário da insurreição.

Tomás Antônio Gonzaga – Homem de estudos, figura de relevo na magistratura de Minas Gerais, Gonzaga foi denunciado como um dos elementos de maior projeção na conjura que se preparava contra a Coroa portuguesa. A tendência dos mais recentes estudos históricos é de ver em Gonzaga uma vítima de inimigos poderosos, e não um rebelde. Noivo de Marília, escreveu em seu louvor as amorosas liras de sabor arcádico. Desterrado para Moçambique, lá se casou com Juliana de Mascarenhas, bela jovem nativa.

Vicente da Mota – Passou à História como um dos acusadores de Tiradentes.

Alferes Vitoriano Veloso – Preso como cúmplice na tentativa de rebelião, por tentar passar recados.

Darcy Damasceno

*Romanceiro da Inconfidência**

Neste ano da graça de 1965, em que se festeja o quarto centenário da cidade de São Sebastião do Rio de Janeiro, esperávamos de Cecília Meireles o Romanceiro da fundação da cidade. Ficou inacabado e assim se editará. Como não poderia faltar no panorama literário do ano em curso o depoimento deste poeta, que como nenhum soube fundir a História e a poesia num ideal encontro, a Editora Letras e Artes entrega ao público uma segunda edição do *Romanceiro da Inconfidência*, um dos livros mais altos da poesia brasileira.

Cecília Meireles alcançou em sua obra a maior unidade lírica em nossa língua. Seus primeiros poemas se ligam aos últimos reflexos de *Solombra*, e tudo é uma só viagem, uma mesma sonoridade. O mistério todo está nisto: este momento da emoção em que há claridade, mas tudo envolto na penugem da noite – a vida se recolhendo, se revisando. Cecília Meireles veio narrando suas coisas, as interiores e as exteriores, soube como ninguém viajar, aspirou sempre à perfeição, à tranquilidade e à nobreza, sem deixar de ser simples e natural. Num alto momento de paixão se debruçou sobre os incidentes da Inconfidência Mineira, esta história política poderosamente insuflada pela ambição, pelo sensualismo, pelo misticismo, pela paisagem. E ela tudo viu,

---

* In: MEIRELES, Cecília. *Romanceiro da Inconfidência*. 2. ed. Rio de Janeiro: Letras e Artes, 1965. Apresentação.

construindo este livro soberanamente didático, em que História, poesia e linguagem se conjugam no mais justo conluio, para o desenho de um magnífico poema nacional. A par de um roteiro histórico, visualizado em febril pesquisa, com milhares de fichas, vivência local, viagens, sonhos e observação, Cecília conseguiu o levantamento da época histórica, sobre isso desencadeou a transfiguração, e acresceu essa transfiguração de uma fidelidade quase científica, não fosse a grande asa de beleza alucinando tudo. Cria-se ao ler o *Romanceiro da Inconfidência* uma saudade antecipada das lendas mineiras, de seu período aurífero, de seus deslumbrantes personagens ébrios de negritude, brocado e morte. É possível ver na ingenuidade da Ouro Preto de hoje, em suas vielas tortuosas, através de sua arquitetura nobre e tranquila, os fantasmas exatos, com suas palavras, delírios e desesperos, as juras, as pontes, as flores murchas, os leques, as portas e os grandes silêncios. O céu é o mesmo, os azuis de Cecília são dardos atravessando o transitório coração das horas, revelando os suspirosos segredos de Marília, o gemido da donzela assassinada, a última frase do Alferes, os suores de remorso de Joaquim Silvério. Tudo está neste livro que, como um rio de música, desperta em nosso coração a indiscutível alegria do tempo reconquistado. Aqui está Cecília, mais do que nunca posta a serviço, com dedos de mestra como sempre foi, com aquela impressão que nos dava de não ter começado e de não ter fim, de simplesmente *ser*. O *Romanceiro da Inconfidência* está fatalmente destinado a se tornar anônimo, deste anonimato que é o fim de toda a obra genial, quando a poesia, ao recriar, supera e substitui a coisa, o motivo, e passa a ser, em palavra e ritmo interior, a própria vida. Tudo o que aqui o poeta nos recupera, através da História, em amor pátrio, em gozo de expressão, em inocência e justiça, passará pouco a pouco a fazer parte do sangue que nos consome, no que estamos sendo em nosso tempo, palpitação que quer sempre acordar com as visões certas. Cecília nos ajuda, seu livro deveria estar hoje em todas as escolas, ensinando a ver, mostrando o amor aos fatos da vida, que hoje são História, ontem eram apenas aflição e júbilo. Deveria estar nas escolas este livro-hino, com toda a sua carga de objetividade e toda a sua ameaça de beleza; nas escolas para que a infância aprendesse a manifestação idiomática através destas exclamações, destas cismas, destes lamentos, destas advertências. O retrato da morte está aqui desenhado com firmeza, ao seu lado o punho febril da liberdade – tudo no justo cenário dos mais românticos crepúsculos, das mais inesperadas flores silvestres, dos mais desabalados sinos em ares que não têm fim, em horizontes que desmaiam de luz.

Hoje, lendo este livro, mergulhados em sua máquina de memória criadora, podemos repetir, como no poema:

> Ai, palavras, ai, palavras,
> que estranha potência, a vossa!

Rio, junho de 1965

Walmir Ayala

Cecília dos Inconfidentes*

Na obra de Cecília Meireles, *Romanceiro da Inconfidência* tem fulgurante trajetória. Aparecido em 1953, firmou para sua autora o renome de poeta maior, um dos maiores da língua – e, sobretudo, o de poeta brasileiro, não obstante a melodia portuguesa que se observa em sua versificação e linguagem.

Cecília Meireles antecipou-se, conforme observou o crítico Darcy Damasceno, à abertura do nosso modernismo para os temas e sentimentos universais. Foi, quanto a isso, espírito arejado, rarefeito. E isso dificultou-lhe, na crítica, o reconhecimento como poeta de expressão e inspiração nacional. A concórdia seria firmada entre alguns críticos e a autora a partir do extraordinário *Romanceiro*, em que ela, sem renunciar à sua herança espiritual e filosófica, bebida em poetas orientais e dispersa na península Ibérica, parece haver psicografado sonhos e falas dos Inconfidentes.

Houve uma simbiose natural entre Cecília e o tema da liberdade ensaiado em Minas pelo Alferes Joaquim José e seus companheiros de conjuração. Uma revolução de românticos. Uma sedição de poetas, de pessoas desarmadas. E, na doce e diáfana Cecília havia, arrolado como "defeito", segundo seu próprio testemunho, "uma certa ausência do mundo". Além disso, um

* In: *Jornal do Brasil*, Rio de Janeiro, 21 mar. 1973. Caderno B.

"tormento": o de "desejar fazer o bem a pessoas que precisam de auxílio e não aceitam".

Poderíamos acrescentar outra afinidade à guisa de aproximação entre o poeta e o tema: Cecília, "pastora de nuvens", habitava igualmente aquela região que, no *Romanceiro*, ela chama de "país da Arcádia": a Arcádia mineira dos pastores e pastoras. Todos eles muito sensíveis à paisagem, ao sensualismo dos detalhes que entram pelos olhos, ao enleio, a vivências e revivências que resultam de uma deliberada busca emotiva. Aqueles homens e mulheres da Inconfidência, vivendo nas alturas, em plano de ardente utopia, também tinham os pés na terra, eram anjos de uma carnalidade barroca. Cecília, sabemos, gostava de viver, embora vivesse temendo a morte, na ambiguidade característica dos simbolistas de todos os tempos. Cecília necessitava de claras impressões visuais, e muitas vezes conclamava todos os sentidos, em peso, para suas ascensões.

Não foi à toa que os Inconfidentes tentaram-na com suas ideias, cenários, falas e martírios. O tema da liberdade, vital porque posto em termos de sobrevivência, no caso das Minas Gerais de ouro e diamantes, do Serro Frio, do Tejuco e da Vila Rica, encontrou em Cecília ressonância muito além da consciência. E vemos que ela não o versou em nível de gratuita eloquência, como se atraída pela facilidade sonora ou bombástica de rimas e discursos que se ofereciam, por assim dizer, à flor da terra, nas catas da poesia semidesvelada.

Para Cecília Meireles, poesia era assunto vital, alimento, oração. O que não passasse pelos sentidos e pela fruição de íntimas cordas emotivas não seria digno de elaboração intelectiva. Seu depoimento a propósito da feitura do poema unitário, e no entanto tão fragmentado poeticamente, como é o *Romanceiro*, mostra que o tema grandioso e grandiloquente foi absorvido pela autora em situação de quase absoluta passividade. Ela quis que o poema entrasse e germinasse, deitasse raízes e florescesse. A poética de Cecília jamais deu a impressão de coisa racional, lógica, construída. Seu segredo, que é o milagre dos verdadeiros poetas, consistiu exatamente na diluição da forma pelo conteúdo, e mesmo em suas peças de concepção filosófica, quando o poeta se põe a pensar na vida e no mundo, no sofrimento e na morte, na alegria e no desvario, predomina a sensação, tão cara ao leitor, de espontaneidade, de alma em arrebatamento.

Posta, portanto, em estado de êxtase, deixou Cecília que o poema dos Inconfidentes se impusesse. Naturalmente, conforme é sabido, pois ela mesma falou a respeito, o poeta procurou sentir o assunto em todas as suas consequências, em todos os episódios de sua emotividade. Reuniu livros, documentos, impressões. Leu, meditou, projetou sua imaginação visual, que era forte e densa, além dos textos; já então, o conhecimento histórico detalhado, pôde permitir que o poema fermentasse até o ponto ótimo em que o reconhecemos: grande manifestação da nossa lírica, excelso instante de comunhão poética.

Houve da parte de Cecília um transbordamento emocional que a fez reviver e, em certos casos, viver outras vidas, na medida que conseguiu exprimir o espírito alheio e, paralelamente, o sentimento da época, a indignação da terra esbulhada. Enorme, profunda empatia. Esse poder de desagregar-se para melhor encontrar-se, a autora de *Mar absoluto e outros poemas* sempre exprimiu como a marca inconfundível de sua poesia, o nível mais alto de sua arte. O *Romanceiro da Inconfidência*, apesar de apoiado em crônica histórica, não é um registro histórico em versos, porque se realiza na essência das emoções, motivos e consequências.

Cecília Meireles, com sua incrível visualização, viu o que aconteceu. Com seu lirismo, descreveu-o. Com sua beatitude, solidarizou-se. E por isso mesmo, graças a esse testemunho preciso que dispensa o tempo, vemos os quadros se sucederem à feição de teatro popular, em versos largos ou breves, rimados ou de aparente rima, livres ou formalizados pelas regras da poética tradicional. Um resumo, quem sabe, do nosso cancioneiro amoroso e épico. Um auto escrito com mão de seda que às vezes se encrespa e golpeia, em instantes de libelo.

Hélio Pólvora

Toda a beleza da poesia de Cecília*

Lembro-me de quando li *Romanceiro da Inconfidência* pela primeira vez, lá vão 20 anos. Fui dos primeiros a lê-lo, pois a autora me pedira auxílio na revisão das provas, e, portanto, dos primeiros a sentir o frêmito que nos incute uma obra eterna. Tantos anos decorridos desde então integraram a própria Cecília nesse passado "que não abre a sua porta e não pode entender a nossa pena". A releitura de agora, enquanto aviva as saudades da amiga, confirma e reforça o deslumbramento experimentado quando do primeiro contato com o poema.

Foi uma visita a Ouro Preto que desencadeou o sortilégio na alma da poetisa. Mas o assombro não se transmudou logo em poesia. Por vários anos, ela investigou com afinco a história da Inconfidência para compenetrar-se da atmosfera da época e da mentalidade das personagens. (Recordo que ela trabalhava simultaneamente num estudo extenso sobre a autoria das *Cartas chilenas*, ligadas ao mesmo ambiente e ao mesmo momento. Por onde andarão os originais desse estudo?) Acabou por identificar-se com a Vila Rica do século XVIII; o poema revela conhecimento profundo do *spiritus loci*. Mas, e nisto consiste uma de suas altas qualidades, a pesquisa não embotou a emoção inicial, que ressuma de

* Fragmento do texto "Toda a beleza da poesia de Cecília". In: *Jornal do Brasil*, Rio de Janeiro, 28 jul. 1973. Caderno Livro.

cada verso. A lenta maturação da obra possibilitou o encontro de uma forma de perfeita adequação. Seria extemporâneo recorrer à epopeia, já ultrapassada mesmo na era dos acontecimentos evocados. Adstringir-se a um lirismo pessoal em face de episódios de tão intenso conteúdo épico limitaria o fôlego e a força da mensagem. O dilema foi resolvido pela feliz escolha do romanceiro, sequência de quase 100 romances – cenas, instantâneos, comentários, cantigas, elegias – que gravitam em redor dos mesmos fatos.

Inspira-se esse conjunto num senso agudo da História. Lidos tantos documentos ignorados pelos contemporâneos, aparentemente explicados os motivos das ações, perdura a sensação de fatalidade, acompanhada de outra, de impotência e frustração:

Na mesma cova do tempo
cai o castigo e o perdão.
Morre a tinta das sentenças
e o sangue dos enforcados...
– liras, espadas e cruzes
pura cinza agora são.
Na mesma cova, as palavras,
o secreto pensamento,
as coroas e os machados,
mentira e verdade estão.

– adverte-nos a "Fala inicial" nessa estrofe de acento manzoniano.

Armada de erudição, inspiração e ironia, a poetisa evita o falseamento das proporções a que o assunto convidava. Faz-nos ver a conspiração ora pelos olhos dos contemporâneos, ora pelos da posteridade. Sentimo-la apontar, inesperada e tímida, na atmosfera bucólica da Arcádia. Bisbilhotices, delações, perseguição burocrática e policial vão aumentando a repercussão das conversações nostálgicas de alguns intelectuais nas frias noites de Vila Rica; intervenções de parentes e padrinhos tentam abafá-la; depois, ela avulta quando o principal acusado, transformado em bode expiatório, aceita consciente o seu papel de mártir. Tudo isso é revivido com realismo palpável. Mas o nosso conhecimento do que sucedeu depois e de como a História se encarregou de pôr em prática os sonhos daqueles ideólogos, alarga a perspectiva, adensa o patético e transforma em coro pungente os sussurros da vizinhança provocados pelas reuniões secretas, as detenções, a devassa, o julgamento, a execução das sentenças.

Salvo na "Fala inicial" e em "Cenário", os versos não parecem escritos por um poeta individual. Falam as personagens da conspiração, a voz anônima do povo, os maldizentes, os justos, as testemunhas, os curiosos. Viram motivos de pura poesia os autos da devassa, os inventários dos bens dos inculpados, os antecedentes socioeconômicos do levante mal esboçado.

Enquadram o episódio central – o drama de Tiradentes – um panorama da vida mineira de então, com a influência perturbadora da riqueza, e quadros em que surgem os demais implicados e outros atores da tragédia. Tudo isso mais comentado do que cantado numa língua de tom popular e sabor arcaico, mas também palpitante de uma inquietação e uma perplexidade tipicamente modernas.

No fim, não se sabe mais quem conta a história nem quando ela foi contada. Assim, ela assume algo de coletivo e de intemporal: torna-se a saga de uma nação, o panegírico da liberdade:

> Liberdade – essa palavra
> que o sonho humano alimenta:
> que não há ninguém que explique,
> e ninguém que não entenda!)

Paulo Rónai

História e poesia no *Romanceiro da Inconfidência*[*]

Poesia lírica evoca pessoalidade, subjetividade radical, uma relação com o mundo mediatizada pelo espírito naquilo que ele tem de menos racional, o sentimento. Historicamente, a lírica se forma numa indiferenciação entre o autor empírico e o sujeito poético. Tanto é assim que, para Aristóteles, essa não é uma arte mimética. Tal indistinção, porém, ao longo do tempo, vai desaparecendo, especialmente com a instalação do pensamento burguês, que destitui a arte de seu valor de verdade expressiva ao situá-la no reino abstratizante das mercadorias.

Na poesia moderna, o lirismo se constrói como ficcionalidade, separado, portanto, do autor histórico, mas para fazer frente à reificação da sociedade. Para assegurar à arte o seu papel emancipatório, na lírica moderna o sujeito poético se desdobra e multiplica, despersonaliza-se, constituindo-se a partir de escolhas de linguagem e não mais ao impulso da emoção do poeta empírico. Só assim, na imanência das possibilidades de sentido da linguagem, o autor preserva sua obra da contaminação pela brutalidade do mundo econômico, que reduz homens, ideias, sentimentos e a própria natureza a números e dividendos.

---

* In: *Brasil/Brazil – Revista de Literatura Brasileira*, Porto Alegre, n. 15, p. 82-96, jun. 1996.

Essa divisão entre poesia e autor não se atinge sem contradições e o produto da atividade poética, na modernidade, alterna fases de alogismo e intelectualismo, de "poesia pura" e poesia pública, de experimentalismo e de busca de comunicação, como indica Hamburger (cf. 1991). Na sua autopreocupação formal, contrapondo-se às expectativas geradas pela tradição e pela cultura de massa, parece desvelar o Ser quando mais o vela. Nas palavras de Theodor Adorno, busca "a identidade do idêntico e do não idêntico" (1982, 200), uma coerência de incompatibilidades, que só alcança quando o eu lírico se fecha na esfera autônoma de sua consciência e de lá recria um mundo alternativo, em que paradoxalmente se afirma a singularidade humana em contraposição às sociedades que tudo planificam e reificam.

Quando se pensa em poesia lírica enquanto representação da História, essa contradição se acentua, uma vez que tradicionalmente os eventos históricos são circunscritos à esfera da poesia épica ou das formas narrativas da prosa literária moderna. No épico e no romance, o sujeito da narração tende a ser impessoal e, mesmo quando adota a primeira pessoa, costuma apagar-se ao conferir palavras aos eventos que organiza e/ou que testemunha. Quando muito, deixa traços de sua individualidade enquanto narrador no modo como focaliza o narrado, como o projeta a partir da linguagem, mas quando essas marcas se tornam muito intensas já se fala inevitavelmente em "poetização" da narração ou hibridização dos gêneros.

Por tudo isso, na literatura épica a mímese, a reapresentação e reordenação do mundo da vida no mundo da obra, se reconhece de forma mais clara. Na poesia lírica, costuma-se negar a possibilidade mimética, pois o mundo apresentado não seria o das possíveis ações do homem, mas o de seus efetivos sentimentos. A História, entendida como *práxis* humana, ficaria proscrita, porque não seria possível ao sentimento ser ordenador, dar aos eventos uma sucessão temporal em que se imbricasse indissoluvelmente uma causalidade lógica – os clássicos requisitos da mímese poética.

Uma outra consciência da História, neste fim de século, permite, entretanto, repensar o banimento da lírica dos domínios miméticos. Se, como querem os novos historiadores, a História em si não passa de uma sucessão de eventos descontínuos, cuja ligação é fornecida apenas pelo discurso rememorativo, que se estrutura por meio dos tropos de linguagem (cf. White, 1990, 81-100) e parte de um lugar sempre ideológico (id., 230-260), a poesia lírica também pode oferecer ao acontecimento em si uma espécie peculiar de recordação, diversa da que a narrativa opera. Se a causalidade, como afirma Nietzsche, é um arranjo mental e não pertence à ordem dos fatos, a lírica pode valer-se de eventos sem renunciar à atual separação entre sujeito lírico e autor empírico, ou à construção de si mesma a partir das (as)simetrias formais que uma voz estabelece no âmbito dos discursos circulantes em determinada sociedade.

Entre os poetas modernistas brasileiros, um dos mais líricos é Cecília Meireles. Alfredo Bosi, além de vê-la inserida na busca moderna da "poesia essencial", a inclui entre aqueles neossimbolistas filiados "às sondagens líricas de um Antonio Machado, de um Lorca, de um Rilke, de um Tagore, que conceberam a poesia como 'sentimento transformado em imagem'" (1995, 461). Entretanto, apesar dessa essencialidade, Cecília não afastou a História de seus planos criativos. Em seu *Romanceiro da Inconfidência* aliou lirismo e uma historiografia muito particular, que encontrou em Murilo Mendes um crítico entusiasta. Reconhecendo que o episódio da Inconfidência Mineira fora subestimado pelos historiadores e lembrando que Capistrano de Abreu não dera maior importância nem ao fato, nem à figura de Tiradentes, o poeta mineiro ressalta na obra de Cecília a combinação entre "força poética, domínio da língua, erudição, e senso de detalhe histórico valorizado em vista de uma transposição superior, própria ao código da poesia" (in: Meireles, 1972, 52). Mendes situa esse trabalho de Cecília como poesia social, do tipo mais fecundo: aquele que "retira o poeta de seu pequeno mundo ambiente, e cortando o cordão umbilical do egoísmo e do individualismo, abre-lhe perspectivas muito mais vastas, dentro da dimensão histórica ou do mito" (id., 53).

A menção ao mito, vinculado à questão histórica, e a percepção de que o compromisso do poeta com a sociedade pode exigir-lhe a ultrapassagem da esfera interna do eu indicam talvez um veio para pensar-se na função mimética do lirismo. Sair do eu histórico, pessoal, a poesia modernista já o fizera, se bem que no Brasil de forma um tanto hesitante – o personalismo romântico, ainda na década de 50, sentava suas raízes em poetas de extremado lirismo, como Bandeira ou Quintana, embora já houvesse então uma voz de cortante objetividade, como a de João Cabral de Melo Neto em *O cão sem plumas*. O trabalho com a matéria histórica já fora tentado, em forma de piada, pelo próprio Murilo Mendes, em *História do Brasil*, de 1932, e ocasionalmente por Mário de Andrade em poemas isolados. Ninguém, todavia, assumira episódios completos da História brasileira, muito menos aqueles em que a recordação se fundava mais na lenda, na memória popular, em obscuros documentos perdidos nos arquivos públicos, do que nos livros de História pátria.

A criação do *Romanceiro* é explicada por Meireles como decorrência de uma visita a Ouro Preto, em que a cidade a teria instigado a escrever sua história: "Vim com o modesto propósito jornalístico de descrever as comemorações de uma Semana Santa; porém os homens de outrora misturaram-se às figuras eternas dos andores [...]. Então, dos grandes edifícios, um apelo irresistível me atraía: as pedras e as grades da Cadeia contaram sua construção" (1989, 13).* A poeta parte, pois, de uma sintonia instantânea entre sua sensibilidade, um apelo mítico do espaço visitado e o peso da História, que ela passa a pesquisar em suas fontes mais diretas, os *Autos da devassa* e os testemunhos transcritos pelos historiadores. Para a seleção da matéria-prima histórica, porém, Cecília não se atém às vozes oficiais. Prefere principalmente depoimentos, conformando seu romanceiro através de múltiplas vozes, que veiculam versões desencontradas do que de fato teria ocorrido. Desse modo,

* Nesta edição, p. 241-242.

embora se preocupe em garantir com escrúpulo a veridicidade do texto através de uma datação rigorosa e de uma precisa consulta documental, não se compromete com nenhuma versão hegemônica sobre o acontecido e trabalha a trama da História através de diálogos, solilóquios e imprecações, seja de personagens ou do sujeito lírico com os interlocutores por ele elegidos, que são ora os leitores contemporâneos, ora o povo mineiro colonial.

O *medium* poético é a voz, tanto a de participantes fictícios ou de participantes efetivos ficcionalizados, quanto a de um sujeito lírico que religa o presente de 1953 com o passado de maio de 1789, fazendo as pedras falarem, já que os homens são traidores quando evocam o que se foi. Pode-se observar o trabalho de lançadeira da memória do sujeito lírico num texto como "Fala à antiga Vila Rica":

Como estes rostos
dos chafarizes,
foram cobertos
os vossos olhos
de véus de limo,
de musgo e liquens,
paralisados
no frio tempo,
fora das sombras
que o sol regula.

(Meireles, 1972, 442)*

* Nesta edição, p. 69.

Em versos brevíssimos, de quatro sílabas, cujo retorno rápido produz um ritmo encantatório, derramado como as águas dos chafarizes, as ruínas levam o sujeito lírico a denunciar a seus interlocutores sua cegueira e sua surdez. A ruptura nesse ritmo, provocada na sequência do poema pelos versos iniciais das duas outras estrofes – "*Mas ai! não fala/ a vossa língua/ como estas fontes*, [...]", e por "*Ou fala? E apenas/ o nosso ouvido,/ na terra surda/ que os homens pisam,/ já nada entende* [...]" – cuja construção paralelística com pausa medial forma uma unidade contraditória, aproxima os homens presentes do início da imprecação às "vidas secretas" que serão evocadas ao final, ao mesmo tempo que os distancia irremediavelmente. A voz dos homens de hoje não é como a dos chafarizes, "*palavras d'água,/ rápidas, claras,/ precipitadas,/ intermináveis.*", assim como as vozes das sombras daqueles homens perseguidos "*por sobre-humanas/ fatalidades?*", à semelhança dos rostos dos chafarizes, estão tão encobertas pelo trabalho do tempo que os ouvidos de hoje não mais as captam.

A comparação dominante no poema, entre os chafarizes de Ouro Preto e os Inconfidentes, por um lado, e os homens de hoje, por outro, realiza a união do idêntico e do não idêntico, que tenciona o texto, não permitindo que se opte por equalizar chafarizes-homens de agora ou chafarizes-homens de então. Os Inconfidentes de Vila Rica são, por essa figuração, associados aos homens do presente, numa comum paralisia oriunda do "frio do tempo", que provoca a desmemória e a depreciação da primeira tentativa de independência do Brasil colonial.

Nessa imprecação, evidencia-se o papel conjuntivo da memória que, recortando eventos metonimicamente através de coisas ou seres naturais mais constantes (os chafarizes, o limo, o musgo, os liquens, o sol, as fontes, a terra), assegura-se contra o falseamento que a passagem do tempo induz no processo evocativo e mantém o vínculo entre discurso e realidade. Ao mesmo tempo, instila-se pelo ritmo, pelas repetições semânticas (os termos se reúnem em torno da família "rosto" e da família "aparições"), pela ficcionalização dos homens de então como fantasmas que já não são ouvidos, e especialmente pela entoação questionadora, o sentimento de revolta dolorida ante o esquecimento a que está votado o objeto mimético: os Inconfidentes e o fracasso de sua utopia.

Através desses artifícios típicos da figuração poética, a lírica se instala em plena História do Brasil. O sujeito se conserva pessoal, não porque expresse as emoções da autora, mas porque, no todo do romanceiro, a entonação indignada e sofrida que impregna a composição formal desse poema se coaduna com a de outras várias imprecações e perpassa também os romances narrativos e os romances descritivos. Por sua vez, estes se digladiam por apresentarem dilaceradamente, em sons, ritmos e imagens fragmentárias e inconclusivas, o mosaico dos eventos, já incompreensíveis na sua objetividade real, porque não mais existem senão no plano discursivo que os evoca.

Essa voz lírica, ora narrando, ora descrevendo, ora interpelando e censurando, ora se condoendo, ora falando por si mesma, ora pela boca de outros, diferencia-se da do narrador épico por não tentar uma coerência no todo, uma sequência de causa-efeito que permita o reconhecimento da falha trágica dos heróis e a reconciliação com o desenlace fatal, mas por expor casos, detalhes, costumes, diz que diz ques, deixando-os soltos, lado a lado, na sua gritante singularidade, e unindo-os apenas pelo tecido coloidal do discurso lírico, impelido pelas equivalências composicionais e linguísticas que esses resquícios de História suscitam ao serem distribuídos no espaço isotópico do texto poético.

Se o *Romanceiro da Inconfidência* retoma a estrutura dos romances medievais, faz essa escolha estética antes para lidar liricamente com um evento que o sujeito poético entende estar impregnado de elementos heroicos dispersos e valoráveis, do que para celebrar a trajetória sobre-humana de um herói combatente, fadado à desgraça, mas ainda no auge de sua glória, como ocorre com o modelo clássico. Atualiza-se a épica romanesca, com duas diferenças essenciais. De um lado, apresenta-se uma narrativa muito mais lacunar do que a usual distribuição do tema em romances episódicos unificados pela figura do herói-mártir. Alternando, sem respeito à cronologia, quadros panorâmicos ou cênicos, articula-se a história da Inconfidência Mineira ora através da interferência direta do narrador na reconstituição dos fatos, ora através de pequenos retratos, muitas vezes patéticos, dos atores mais ou menos remotamente envolvidos no movimento libertário inspirado na Revolução Americana.

De outro lado, a empostação geral do texto viola o tom dos romanceiros tradicionais, de vez que nunca é épica e sim acendradamente lírica. Seja na voz do narrador da história pública, seja nas muitas vozes que narram suas versões privadas do acontecimento, o tônus é emocional, nunca assumindo a distância típica do *epos*. Deve-se convir que os romanceiros, em especial os da península Ibérica, já traíam essa noção de distanciamento do eu que fala ao utilizarem uma versificação inconstante e mais breve do que o decassílabo heroico ou o alexandrino, enfatizando com isso sua musicalidade, o que os aproximava formalmente das canções líricas. Todavia, essas inovações na versificação não significaram transformação temática. Se nessas gestas de guerra e de amores impossíveis surgem situações insólitas, de um patético que por vezes parece inadequado ao épico, não se pode atribuir a tais oscilações do gênero mais do que a representação das mudanças de mentalidade que deslocavam uma concepção de mundo teocêntrica para outra antropocêntrica, em que fantasia e realidade começavam a entrar em choque, tendência romanesca que o *Quixote* mais tarde viria a cristalizar.

Dessa forma, tanto a estruturação quanto a tonalidade do longo poema de Cecília Meireles se afastam do modelo dos romanceiros, sem todavia negá-lo, mas valendo-se de seus paradoxos internos para salientar suas possibilidades de lirismo. Num jogo arguto entre a postura lírica e a necessidade de dar forma à massa caótica dos fatos históricos da Inconfidência, objeto especulativo de uma historiografia ainda bastante dubitativa à época, introduzem numa poesia com as características de uma fase modernista já tardia – a da poesia "pública", respondendo às exigências de compromisso social do poeta – a prevalência absoluta de "estados de ânimo", minando a matriz narrativa típica dos romanceiros.

Partindo-se da divisão do texto ceciliano proposta por Darcy Damasceno (Meireles, 1972, 405-416), percebe-se, na distribuição longitudinal da matéria narrativa, uma linha cronológica desfeita por *flashbacks* e *flashforwards* e por intervenções do presente da narração, caracterizando o arcabouço narrativo como um trabalho de memória, com a liberdade da consciência de fazer incidir a ênfase sobre certos dados, de ordenar os acontecimentos mais pelo interesse ou pela emoção do que por sua sequência natural, o que desvincula a história evocada do conjunto de eventos históricos de que parte, acentuando as funções de seleção, expansão e contração detidas pelo sujeito poético.

Na primeira parte, interessam o descaso dos homens atuais e a figura de Tiradentes, mal adivinhada sob a névoa da recordação, cercada de histórias de nítida violência, como a da donzela assassinada pelo pai, a da destruição do arraial de Ouro Podre, a do conflito do contratador João Fernandes e Chica da Silva com o conde de Valadares, em que o aspecto aventuresco e as perspectivas de prosperidade trazidas pela lavra do ouro são contrabalançados pela aflição dos escravos mineradores e pela revolta surda dos senhores da terra contra a cupidez da Corte portuguesa.

O caráter episódico dessa parte, entremeado das descrições do ambiente da mineração e das práticas usuais quanto ao destino das riquezas extraídas do solo, dispersa a atenção, sem focá-la num desenvolvimento unitário, incita ao uso das faculdades da intuição e não as da razão – esperáveis numa narrativa – e descentra a história, impregnando-a da mesma névoa que envolve seu protagonista principal, como um presságio da sorte aziaga que aguarda os insurrectos.

Na segunda parte, são expostas as ideias liberais, não enquanto corpo doutrinário, mas enquanto propulsoras de um ideal de libertação nacional. Testemunham-se as reuniões preparatórias do movimento, as cavalgadas de aliciamento do "brioso Alferes", a delação, a prisão e as testemunhas arranjadas pelas autoridades entre as gentes comuns, muitas vezes invejosas e prontas a agradar o poder. É peculiar que o núcleo dos acontecimentos, em paralelo com o da parte anterior, dos assassínios e traições, seja ocupado por comentários, à maneira de um coro trágico, de diferentes camadas da população sobre a missão suicida de Tiradentes. Ouvem-se os diz que diz ques das velhas sobre o delator Joaquim Silvério, a ironia dos tropeiros, a profecia do cigano, murmura-se sobre a passagem de um embuçado que denuncia a prisão iminente dos Inconfidentes, ou seja, de novo se constrói, de forma dispersiva, uma versão mítica do "animoso Alferes" e do grupo inconfidente, desta vez por meio de vozes populares bastante descrentes do êxito de uma insurreição comandada pelos doutos.

Na terceira parte, o centro da história da Inconfidência, o relato do possível suicídio de Cláudio Manuel da Costa, o monólogo compadecido do carcereiro, as agonias de Tomás Antônio Gonzaga na prisão são o procênio para a paixão e morte de Tiradentes. Numa agudização irônica do processo de tragicidade – composto pelas impressões e imaginações do público anônimo sobre o enforcamento, que incluem o que o carrasco Capitânia e o Alferes estariam pensando na hora derradeira –, o desenlace acaba em festa sobre o corpo esquartejado, o que os olhos de um bêbado registram sem compreensão possível. Esse recurso de troca de foco sugere, sem palavras, a desvinculação entre povo e Inconfidentes, dando a entender que levantes políticos de proprietários, mesmo legitimados por valores anti-imperialistas, não comovem os despossuídos. Como sobre a cena impõe-se a visão do sujeito poético, o *pathos* desse fracasso provém mais do olhar esclarecido, que percebe o descompasso e o lamenta, do que da própria situação em si, do enforcamento de um rebelde assistido como espetáculo pela população de Vila Rica.

Na quarta parte, o foco se concentra sobre Gonzaga, nas maledicências a seu respeito, na antevisão de seu destino africano de casar com Juliana de Mascarenhas enquanto esquece uma Marília inconformada, e em Alvarenga e sua mulher Barbara Heliodora e a filha Ifigênia, ambas destruídas por sua ação inconfidente. Nessa parte, que paraleliza a segunda, a voz popular daquela é substituída principalmente pelo memento do sujeito lírico concernente às mulheres que sofrem, até a loucura e a morte, a puerilidade do idealismo dos dois poetas degredados e rebaixados de sua condição esclarecida pelo exílio em um novo continente inóspito, até mais hostil, porque mais obscuro, do que o sul-americano.

A voz poética, entretanto, não é das mulheres. Há apenas a sua história, já que elas não têm domínio sobre a palavra – reino de seus amantes, que lhes foram arrebatados também por palavras. A impotência dessas mulheres ecoa a das vozes populares da segunda parte, porém numa perspectiva inversa. Ali, as falas eram proféticas, aqui, trata-se de vidas esmagadas pela realização dos presságios. O *pathos* que brota da terceira parte agora reflui num lençol de dor e solidão plácidas – as da autoanulação pela loucura e pela espera da morte. Não sem motivo, o destino de Marília e de Barbara Heliodora, também elas fidelíssimas, se confunde com o do "animoso Alferes". Todos foram derrotados pelos objetos amados, que não souberam corresponder à intensidade de seu devotamento: num caso, os poetas, ouvindo apenas a própria dor, esquecem suas musas, no outro, a pátria real nem pressente que possa tomar a feição idealizada pela qual morreu um homem simples.

A quinta parte, que inicia mostrando a rainha D. Maria I vinte anos depois no Brasil, roída pelo remorso, é surpreendentemente centralizada pelo poema sobre os cavalos da Inconfidência, que "nunca pensaram na morte./ E nunca souberam de exílios", eles que "eram muitos cavalos,/ cumprindo seu duro serviço" (Meireles, 1972, 545),* seguido do testamento de Marília, deixando sua fortuna "para a piedade das missas", e da "Fala aos

* Nesta edição, p. 233.

Inconfidentes mortos", que encerra com a pergunta desconcertante: "*Quais os que tombam,/ em crimes exaustos,/ quais os que sobem,/ purificados?*" (548).* É clara a conexão com a primeira parte. Volta-se ao cenário antigo, mas tudo o que nele antes fora esperança, ambição e violência agora é morte e terra arrasada: os destemidos cavalos mortos, uma mulher desafortunada morrendo, as sombras dos mortos mergulhadas no seu enigma político.

Essa estruturação se faz, portanto, através do paralelismo de situações, ora semelhantes, ora contrastivas, e da reverberação de vozes, diretas ou reportadas, que evitam contar a história da Inconfidência do ângulo de causa-efeito da historiografia oficial. O sujeito poético que organiza a narração não apresenta os fatos ou seus protagonistas senão refratados ou por sua visão interpretativa pessoal e sempre numa enunciação emocionada ou pelas vozes das supostas testemunhas que nunca puderam falar, nunca vieram à tona na superfície da História a não ser nos interrogatórios da Devassa. Não oferece certezas sobre as motivações, sobre o que de fato teria acontecido, sobre a sinceridade ideológica dos insurrectos, sobre o autossacrifício de Tiradentes. Através desses processos de refração, reproduz mimeticamente a neblina da memória em que a verdadeira insurreição está velada, suprindo com suas invectivas, exprobrações e invenção de falas possíveis para testemunhas silenciosas, os espaços em branco do evento histórico.

No "Romance XXI ou Das ideias", que pode ser considerado um microcosmo da obra, reencontra-se, como em todos os

---

* Nesta edição, p. 237.

outros, essa tessitura lacunar, de associações oblíquas, que procura as identidades necessárias à constituição de uma obra poética, no arrolar caótico de lugares, homens, objetos, ações, modos de ser, em si díspares e mergulhados no fundo obscuro do tempo, de que a memória só pode extraí-los pelo processo de efabulação, pensando o que poderia ter acontecido, o que poderiam ter sido. É nesse sentido que mito e História se interpenetram, para sondar o que se perdeu e tirar daí um esclarecimento à perplexidade contemporânea de que o sujeito lírico parte, e que se expressa nos versos finais desse romance:

> As verdades e as quimeras.
> Outras leis, outras pessoas.
> Novo mundo que começa.
> Nova raça. Outro destino.
> Planos de melhores eras.
> E os inimigos atentos,
> que, de olhos sinistros, velam.
> E os aleives. E as denúncias.
> E as ideias.
>
> (Meireles, 1972, 446)*

Nos versos setessilábicos desse romance, constituídos no mais das vezes por frases nominais, a posição do sujeito lírico é dominantemente descritiva, embora toda a história da Inconfi-

---

* Nesta edição, p. 75.

dência se narre através dessas parcelas descritas de uma sociedade e uma época perdidas. Evoca Vila Rica tanto física quanto social e politicamente. A nominalização predominante transforma o processo da História mineira em painel cristalizado naquele tempo. Ali estão figurados a paisagem natural e a vilarenga, os políticos, o clero, as grandes famílias e suas hipocrisias, os escravos, os pobres e oprimidos, os artistas barrocos, os árcades e os Inconfidentes. Também aparecem suas ações: a mineração, a ostentação de riquezas, a religiosidade arraigada, a vida cultural incipiente, as repressões e os adultérios, a violência patriarcal e feudal, a relação com a metrópole portuguesa e com a Europa, o cotidiano e as doenças, os amores e, permeando tudo, a Inconfidência. Todos os elementos do quadro são, portanto, originários da História. Contudo, não formam uma história, como seria próprio da épica e mesmo do romance medieval. Esses elementos são fragmentos justapostos, todos simultaneamente presentes, imbuídos de um fundo sentimento de esperança desconsolada, que já conhece a si mesma de antemão como fraudada. Veja-se a sexta estrofe:

> Banquetes. Gamão. Notícias.
> Livros. Gazetas. Querelas.
> Alvarás. Decretos. Cartas.
> A Europa a ferver em guerras.
> Portugal todo de luto:
> triste Rainha o governa!
> Ouro! Ouro! Pedem mais ouro!

E sugestões indiscretas:

tão longe o trono se encontra!

Quem no Brasil o tivera!

Ah, se D. José II

põe a coroa na testa!

Uns poucos de americanos,

por umas praias desertas,

já libertaram seu povo

da prepotente Inglaterra!

Washington. Jefferson. Franklin.

(Palpita a noite, repleta

de fantasmas, de presságios...)

E as ideias.

(Meireles, 1972, 446)*

A composição é de novo metonímica, no plano imagético. Partes de eventos e atores, cenário e tempo são extraídas do contínuo do mundo da vida e distribuídas por um débil fio de desenvolvimento temporal, minimizado pelos recursos formais da equivalência como princípio construtivo do poema. Chama a atenção a repetição obsedante do refrão: "E as ideias.", as enumerações consecutivas, os segmentos paralelos dos versos, como em "Banquetes. Gamão. Notícias./ Livros. Gazetas. Querelas.", ou o paralelismo dos próprios versos, como em "A Europa a ferver em guerras./ Portugal todo de luto:". A construção por equivalên-

* Nesta edição, p. 74.

cia, embora os versos sejam brancos, ainda produz sonoridades redundantes, como em "**tão lon**ge o **tron**o se enc**ontr**a!", ou em rimas assonantes finais como "querelas", "guerras", "indiscretas", "tivera", "desertas", "Inglaterra". Toda essa extremada elaboração formal resulta numa outra espécie de coerência, que não é dada pela ordenação de princípio, meio e fim, regidos pela necessidade e verossimilhança.

Essa coerência se opera por uma seleção afetiva antes que racional ou medida pelo tempo cronológico. Juntando num mesmo quadro pessoas e feitos díspares, aos pedaços e interligados por um sentimento de crítica e de advertência, no sentido de que as enormes desigualdades não podem ser mantidas se os indivíduos forem esclarecidos, mas também que não basta contra a força o idealismo despreparado para a luta, esse romance mimetiza com outra espécie de valor de verdade os eventos da História passada. Esse valor não é dado pelas conexões causais da narratividade, mas pelas sugeridas por um processo associativo livre, em que uma situação emoldurada suscita a próxima, saltando da mineração para a cultura, desta para as mulheres e para a relação da colônia com os europeus, para o cotidiano lento e doentio, para os presságios e conspirações e para os sonhos da Arcádia. A descontinuidade da História objetiva é preservada, sem que se anule para isso a subjetividade interpretante. Os motivos da insurreição podem não ter sido os ideais de liberdade e igualdade que o poema defende – a historiografia contemporânea nos sugere que esse foi um movimento impelido pelos interesses de uma burguesia incipiente, prejudicada pelos impostos escorchantes da monarquia portuguesa, mas o sujeito lírico não quer a objetividade suspeita do historiador. Sente que a terra e o povo deveriam desejar a nova ordem revolucionária e assim transfigura casos e motivações mergulhando-os no seu próprio sentimento de rebeldia ante quaisquer formas de cinismo, dissimulação e opressão.

É assim que Cecília Meireles tece a história da Inconfidência Mineira em seu romanceiro. Não desenvolve teses, apenas espalha versões, sob a angulação persistente de um sujeito lírico inconformado com o esquecimento dos ideais utópicos e a torpeza dos que aderem sempre ao poder, esteja ele situado onde estiver no tempo. Alguns poderiam pensar que a poeta assume uma defesa ingênua do movimento emancipacionista de Vila Rica. Entretanto, basta um exame criterioso para desmentir essa compreensão. A autora reconstitui com grande esmero os eventos e confere ao sujeito lírico uma posição cheia de nuanças: admira o Alferes Tiradentes não como o Pai da Pátria, mas como um homem comum, capaz de altruísmo. Lamenta a perda dos árcades, pelo seu silenciamento tanto quanto por sua ambiguidade política. Percebe claramente os interesses dos proprietários, dos intelectuais e do povo espezinhado, bem como dos escravos, as ingenuidades, desconfianças, inseguranças e arrebatamentos inconsequentes. Toma o partido da insurreição, sim, mas lamenta sua pouca politização. Não o faz através de teses históricas ou sociológicas, porém – limita-se a arranjar os fatos e seus atores em torno de sentimentos, que se conformam nos elementos textuais, induzindo o leitor a deles participar.

Acima de tudo, não esquece que a poesia, com sua recursividade nos diversos planos estruturais, tem um poder rememorativo superior ao da prosa, mesmo literária. Capturado nos ritmos encantatórios dos romances, o leitor do presente tende a lembrar o que ficara obscurecido pelo tempo e pelos interesses ideológicos de onde falam autoridades e historiadores. Do *Romanceiro* emerge um Brasil colonial com as prováveis contradições sociais e individuais que, apesar de si mesmas, não impediram que uma tentativa de independência nacional se gestasse e eclodisse.

Na voz do sujeito poético que opera a transmutação mimética do vivido e esquecido para o experienciável e a lembrança, o fator "estado de ânimo" ocupa uma posição dialética de centramento e de descentramento: é a fonte da evocação que permite a passagem da imaginação das pedras e ruínas do presente para as ruas vibrantes de paixões do passado, assim como é o cimento, através do sentimento dominante da indignação, que une os tênues fragmentos de ações e caracteres no mosaico do *Romanceiro*. É mérito seu não ocultar as emendas, mas acentuá-las com uma emotividade à flor da pele, que, se impede o reconhecimento das causações que ocorre em histórias nas quais se evidencia, pelo esforço mimético, uma ordem necessária em meio à desordem das coisas humanas, cria uma atmosfera propícia para que as contradições e lacunas dos fatos reais venham a ser vivenciáveis não no plano cognoscitivo, mas sim no do sentir, mais imediato e universal. Assim, lírica e História se imbricam, devendo esta à atividade da *poiesis*, impelida pelos estados interiores do sujeito poético, uma representação mais contundente, que não nega seu teor de efabulação da matéria histórica, mas o compensa com a verdade das emoções que suscita.

Trabalhos citados

ADORNO, Theodor W. *Teoria estética*. Lisboa: Edições 70, 1982.

BOSI, Alfredo. *História concisa da literatura brasileira*. 32. ed. São Paulo: Cultrix, 1995.

HAMBURGER, Michael. *La verdad de la poesía*. México: Fondo de Cultura Económica, 1991.

MEIRELES, Cecília. Como escrevi o *Romanceiro da Inconfidência*. In: ______. *Romanceiro da Inconfidência*. Rio de Janeiro: Nova Fronteira, 1989.

______. *Obra poética*. Rio de Janeiro: José Aguilar, 1972.

WHITE, Hayden. *Tropics of Discourse:* essays in cultural criticism. 4th. printing. Baltimore: The Johns Hopkins University Press, 1990.

MARIA DA GLÓRIA BORDINI

Cecília e o tempo inteiriço*

Cecília Meireles se apropria da Inconfidência sem a intenção de tirar dela um ideário político ou de fazer qualquer tentativa de participação. O que a atrai naqueles episódios é a fundação de uma nacionalidade intemporal. Foi esse poder de se fazer presente, mais ainda, de se fazer fundamental na vida dos pósteros, que levou Cecília a se dedicar a velhos e vívidos personagens e narrar "a estranha história de que haviam participado e de que me obrigaram a participar também, tantos anos depois, de modo tão diferente, porém com a mesma, ou talvez maior, intensidade" (depoimento da autora citado por Zagury, p. 75).[1] É a natureza lendária dos fatos que seduz uma poeta que colocou toda a sua obra a serviço da transcendência: "Nesse tempo emocional que o tempo acumula todos os dias nem o mais breve suspiro se perde, se ele foi dedicado ao aperfeiçoamento da vida. Muitas coisas se desprendem e perdem – ou parecem desprendidas ou perdidas – ilimitado tempo: mas outras vêm, como heranças intactas, de geração em geração, caminhando conosco, vivas para sempre, vivas e atuantes, e não lhes podemos escapar" (idem). A crença neste poder de permanência da dignidade dos atos humanos se efetiva na valorização das palavras, vistas pela poeta como aéreas. O

---

* Fragmento de "Cecília e o tempo inteiriço". In: MEIRELES, Cecília. *Poesia completa*. Rio de Janeiro: Nova Fronteira, 2001. v. 1.

1 ZAGURY, Eliane. *Cecília Meireles*. Petrópolis: Vozes, 1973.

mais pungente e bem realizado poema de *Romanceiro da Inconfidência* é justamente o "Romance LIII ou Das palavras aéreas", que trata da saga dos homens que morrem pela palavra:

Ai, palavras, ai, palavras,
que estranha potência, a vossa!
Ai, palavras, ai, palavras,
sois de vento, ides no vento,
no vento que não retorna,
e, em tão rápida existência,
tudo se forma e transforma!

Apesar de sua imaterialidade, a palavra é o centro da história, e em vários romances Cecília vai render homenagem ao ato de escrever, contrapondo a escrita libertária e poética dos Inconfidentes à escrita burocrática e covarde dos funcionários e traidores. Em todo o longo conjunto, há a ideia de que é preciso fazer o testamento dessa geração. Marília, já velha, aparece inventariando seus pertences, em oposição à sua dimensão lendária. Por isso, ela aparece como uma figura melancólica, contabilizando suas posses:

Triste pena, triste pena
que pelo papel deslizas!
– que cartas não escreveste,
– que versos não improvisas,
– que entre cifras te debates
e em cifras te imortalizas...

Em oposição à escrita contábil das riquezas, própria em um tempo de cobiça em que o ouro fala mais alto, aparece Tomás Antônio Gonzaga deixando, depois de ter seguido para o exílio africano, um único bem: um par de esporas de prata. Esse objeto é simbólico. As esporas funcionam como motor da ação. Sua finalidade as dota de um sentido elevado, o de ser a mola propulsora da revolução. É importante ainda o material de que são feitas: prata. Em oposição ao ouro da cobiça, com seu amarelo doente, Cecília escolhe a claridade da prata, imagem do que existe de mais nobre nas ações humanas. Este embate entre a cobiça e a liberdade, entre o ouro e a prata, também surge no inventário de Tiradentes ("Romance LVI ou Da arrematação dos bens do Alferes"). Os seus pertences são irrelevantes e antagonizam com a riqueza reinante no período. Pouco possuía o herói: um cavalo rosilho, esporas, fivelas, navalhas, tabaqueira de chifre, um relógio, os instrumentos de dentista, um pobre canivete e um espelho. Signos de sua pobreza e de sua condição de trabalhador (patente em seu próprio apelido), estes objetos são um atestado de sua grandeza humana.

Mesmo os Inconfidentes mais ricos terão seus bens confiscados e conhecerão a ruína. Cecília dramatiza nessas histórias a oposição entre a posse material e a liberdade. Só é livre aquele que está disposto a renunciar a seus bens. A recompensa vem de uma entidade que a autora define como imaterial: as aéreas palavras. Vale destacar que a Inconfidência não foi só uma revolta de heróis abnegados, mas de heróis letrados, que fizeram da palavra algo maior do que um mero instrumento de comunicação, dando-lhe um caráter transcendente. Era a liberdade pela palavra, o que é o mesmo que dizer: pela história. Daí o "Romance LIII ou Das palavras aéreas" ocupar o centro do livro. É nelas que se manifestam a permanência dos fatos ocorridos e a sobrevivência mística de seus heróis, que foram vencidos no passado e hoje são os vencedores. É pela e na palavra que eles sobrevivem. No "Romance LXXXI ou Dos ilustres assassinos", fica confirmado este valor das palavras de estranha potência, que negam a própria morte:

> Por fictícia austeridade,
> vãs razões, falsos motivos,
> inutilmente matastes:
> – vossos mortos são mais vivos;
> e, sobre vós, de longe, abrem
> grandes olhos pensativos.

O *Romanceiro da Inconfidência* efetiva a passagem da música para o significado das palavras. Aqui, Cecília se dedica a explorar a potência perenizadora de um código que vence as limitações históricas e funda reinos aéreos. Este livro revela ainda a nostalgia de um tempo mítico, recuperado pelas "asas de memória e de saudade" (como está escrito na abertura do poema).

MIGUEL SANCHES NETO

No grande espelho do tempo*

Machado de Assis era sempre exato em seus registros; mas, nas páginas de *Histórias sem data*, que publicou em 1884, ainda atribuía a Tomás Antônio Gonzaga o papel de "chefe da conjuração mineira", ocorrida quase cem anos antes. Seu lapso é um indicativo importante. Confirma-nos que o lugar proeminente ocupado na História do Brasil por Tiradentes e a chamada Inconfidência Mineira é uma construção moderna. Só após a proclamação da República, quando os ícones imperiais foram varridos da observação coletiva, a insurreição de 1789 veio a ser colocada no primeiro plano e Joaquim José da Silva Xavier entronizado na galeria dos mártires da nacionalidade.

Foi sobre esse material histórico, desprezado ao longo do século XIX, e logo depois exaltado na propaganda republicana, que Cecília Meireles ergueu o *Romanceiro da Inconfidência* em 1953, desenredando-o do cipoal das ideologias. Aqui o assunto tão controverso impõe-se como tema de um dos textos mais importantes oferecidos pela literatura brasileira. Ao situá-lo no centro de sua obra, a escritora de *Vaga música* (1942) e *Mar absoluto* (1945) já estabelecera uma visão do mundo, assinalada pelo sentimento da transitoriedade que engolfa os homens e as coisas. Por isso, não pretende uma arqueologia dos fatos, ainda que os

---

* In: *Zero Hora*, Porto Alegre, 3 nov. 2001. Segundo Caderno Cultura.

tenha pesquisado exaustivamente. Ela quer desentranhar o seu significado profundo:

Escuto os alicerces que o passado
tingiu de incêndio: a voz dessas ruínas
de muros de ouro em fogo evaporado.

A investigação do passado percorre o espaço labiríntico de Ouro Preto que abrigou a arte barroca de Costa Ataíde e do Aleijadinho, a arcádia imaginária de Cláudio Manoel e Gonzaga, a música de José Maurício mas, também, a opulência das minas sobre a qual sustentava-se, em dependência absoluta, a Coroa portuguesa. Cidade de tiranos e conspiradores, ficou sob ocupação armada e censura das ideias durante todo o período do apogeu, como demonstrou Caio Prado Júnior em estudo irretocável. A marca da opressão teria de instalar-se, assim, no cenário traçado por Cecília Meireles com aguda sensibilidade, discernindo uma tensão originária que acaba por acionar a engrenagem do mundo observado:

todos pedem ouro e prata,
e estendem punhos severos,
mas vão sendo fabricadas
muitas algemas de ferro.

O jogo dos contrastes reflete a situação de uma sociedade subjugada ao estatuto colonial. Mas também é uma precisa forma de expressão literária, escolhida por Cecília Meireles para desenhar a cadeia de perseguições, iníquos juízos e sentenças condenatórias que se abatem sobre os atores da conjuração abortada. Sua dimensão superlativa reside na oposição frontal entre as figuras de Tiradentes e Joaquim Silvério.

O primeiro, alcunhado aqui "o animoso Alferes", é uma voz límpida que ressoa nos campos abertos, expandindo sua sonora mensagem de rebelião. O delator, ao contrário, sendo imagem rediviva da traição e da felonia, oculta-se nos espaços obscuros dos corredores palacianos. Sua voz não se escutará em nenhum momento; é homem da intriga rascunhada nos documentos clandestinos, produzindo "tortos ganchos de malícia, grandes borrões de vaidade".

Peças de ouro e algemas de ferro, Tiradentes e Joaquim Silvério, a luz e a sombra. O poema não é mera ilustração pedagógica mas uma sequência de imagens fixada na "dialética da polaridade" (se empregarmos um termo de Norberto Bobbio). A visão contrastiva define o sentido essencialmente trágico que Cecília Meireles divisou no exame do passado histórico. Sua interpretação da Inconfidência Mineira converge, no fundo, para uma inteira concepção da existência:

> (No grande espelho do tempo,
> cada vida se retrata:
> os heróis, em seus degredos
> ou mortos em plena praça;
> – os delatores, cobrando
> o preço de suas cartas...)

Na reflexão sobre a temporalidade projetam-se os figurantes do drama de Vila Rica, sejam eles o sapateiro Capanema ou Bárbara Heliodora. Vê-se que o tecido da poesia resguarda ainda a veracidade dos acontecimentos arrolados e traduz uma impressionante massa de dados factuais. São entretanto universais as forças que acionam o homem e a humana condição. Cecília Meireles só pode expressá-las no mais profundo de todos os contrastes, um paradoxo que centraliza o código simbólico do *Romanceiro* e verbaliza seu verdadeiro tema numa síntese admirável:

> Liberdade – essa palavra
> que o sonho humano alimenta:
> que não há ninguém que explique,
> e ninguém que não entenda!)

Alguns meses após a edição do *Romanceiro*, o escritor Murilo Mendes pronunciou-se numa crítica que esclarece corretamente a natureza do texto. Disse que aí se pode encontrar uma combinação homogênea entre a valorização do detalhe histórico e o domínio poético, alcançando uma "transposição superior" da matéria originária. Ao meu ver, tal resultado cumpre-se, de fato, nessa utopia da liberdade e na metáfora inconfundível que a expressa, um legítimo signo da História e da concepção histórica de Cecília Meireles. Só isso justifica a atualização do passado.

Talvez seja um pouco estranho que assim ocorra na obra de uma poeta que nunca se vinculou aos projetos nacionalistas em circulação no bojo do Modernismo, de Mário e Oswald de Andrade em diante. O "verde-amarelismo" era a moda na literatura ulterior aos anos 20, estivessem os autores alinhados à esquerda ou à direita no quadro político. Cecília Meireles não teve participação direta em nenhuma das correntes que então se impuseram, menos ainda nos manifestos programáticos. Muitos preferiram, por isso, enquadrá-la no Simbolismo retardatário que corria à margem da literatura engajada e seus compromissos.

No entanto, o processo cultural é impulsionado sobretudo pelas contradições e não se desenvolve em linha reta. Foi Cecília Meireles quem produziu o grande poema histórico do nosso Modernismo e aliás um dos poucos que a literatura brasileira já apresentou, inscrevendo-o ao lado do "Navio negreiro", de Castro Alves, e de *Morte e vida severina*, de João Cabral de Melo Neto. O *Romanceiro da Inconfidência* assinala um momento crucial em que a História e a literatura se cruzam para definir a unidade da elocução poética.

Ao resgatar na memória o episódio da conjuração de 1789, Cecília Meireles assume plena consciência de que não lhe cabe traçar a crônica dos fatos translatos e sim revelar sua historicidade, verbalizando-os num semântico de múltiplas vertentes. A última instância do discurso se dá na reflexão sobre a própria linguagem e, nela, a razão primordial da poesia:

Ai, palavras, ai, palavras,

que estranha potência, a vossa!

Todo o sentido da vida

principia à vossa porta;

Este é um dos mais longos poemas em língua portuguesa e deita raízes em antiquíssimas formas da tradição ibérica, que a escritora recuperou para a modernidade. Compõe-se ao final de 85 romances, quatro cenários, quatro falas e uma serenata. Sua complexa arquitetura não admite falhas; preserva uma notável integridade na releitura atual.

Bem assim, a visão do mundo de Cecília Meireles. Projetada no "grande espelho do tempo", a Inconfidência Mineira desvenda o drama da História. Mas aí o destino do homem é enigma irresolúvel. A fala aos Inconfidentes mortos, que encerra o poema, deixa pairando entre todos os contrastes uma última indagação. E essa não pertence já ao exame do passado mas instala-se no nosso presente:

Quais os que tombam,

em crime exaustos,

quais os que sobem,

purificados?

Flávio Loureiro Chaves

Sobre o *Romanceiro da Inconfidência**

Na mesma época em que Cecília escrevia seus poemas hindus e italianos, ela nos dava essa obra-prima da língua portuguesa que é o *Romanceiro da Inconfidência* (1953).

Desta vez a paisagem se acha próxima de nós. Quase diria, dentro de nós. Não se trata de culturas duas vezes milenares testemunhadas por templos ou estátuas do Velho Mundo. Trata-se da nossa Ouro Preto, o cenário intacto dos Inconfidentes de que nos separam apenas sete ou oito gerações.

Entretanto, não me parece que essa redução do intervalo histórico, que medeia entre a recordadora e o mundo evocado, tenha alterado aquela sua perplexidade em face do desaparecimento dos homens no sumidouro do passado.

Na "Fala inicial", um dos mais belos poemas de Cecília, o processo inteiro da Inconfidência e o seu pano de fundo mineiro são significados em termos de "*atroz labirinto/ de esquecimento e cegueira*".

A data da morte de Tiradentes, que se tornou marco da celebração do movimento, é pontuada com estes versos de pasmo:

Ó meio-dia confuso,
ó vinte-e-um de abril sinistro,

---

* Fragmento de "Em torno da poesia de Cecília Meireles". In: *Céu, inferno*: ensaios de crítica literária e ideológica. São Paulo: Duas Cidades/Editora 34, 2003, p. 139-144.

que intrigas de ouro e de sonho

houve em tua formação?

Quem ordena, julga e pune?

Quem é culpado e inocente?

Na mesma cova do tempo

cai o castigo e o perdão.

O que é um modo de dizer que a História é um tecido de desrazões, uma sequência de arbítrio ("*que intrigas de ouro e de sonho/ houve em tua formação?*"), onde verdade e mentira se misturam de tal sorte que o pensamento do narrador se perde no escuro sem confins. Tudo parece, afinal, aleatório: "*Na mesma cova do tempo/ cai o castigo e o perdão*". Note-se o verbo "cai" no singular, concordando com um bloco de dois termos que são postos em equivalência: o castigo e o perdão.

Essa desesperança de discernir o acerto e o erro, de separar o joio da traição e o trigo da lealdade confrange a voz lírica e lhe dá motivos de pranto:

Não choraremos o que houve,

nem os que chorar queremos:

contra rocas de ignorância

rebenta a nossa aflição.

Choramos esse mistério,

esse esquema sobre-humano,

a força, o jogo, o acidente
da indizível conjunção
que ordena vidas e mundos
em polos inexoráveis
de ruína e de exaltação.

Ó silenciosas vertentes
por onde se precipitam
inexplicáveis torrentes,
por eterna escuridão!

A proposta inicial de leitura da obra de Cecília Meireles foi apontar a diversidade de rumos que nela se dá apesar da unidade tonal. Cecília viajava primeiro dentro da sua memória convertendo em lírica as suas experiências vitais de amor e pena, encanto e desencanto; e, só depois, as viagens assumiam aspectos terrenos mais tangíveis e recortavam cenas localizadas no tempo e no espaço: Portugal, México, Índia, Itália...

Era uma leitura que seguia o critério da variedade acompanhando as diferentes jornadas de um roteiro existencial e poético.

Mas, quando esse itinerário tocou o *Romanceiro da Inconfidência*, a proposta teve que mudar de ênfase. O que veio ao primeiro plano foi a unidade que abraça todas as diversidades e, de algum modo, as funde, sejam quais forem os objetos da evocação, pessoas ou paisagens, acontecimentos isolados ou ciclos históricos.

Aquela ausência do mundo, que já repontava em *Viagem*, persiste e toma as formas de recorrente perplexidade. Visitando as Minas do século XVIII, perguntamos, afinal, qual é a consistência desse passado que os estudiosos do nosso drama colonial não cessam de perscrutar. No *Romanceiro* tudo são passagens, episódios, descontinuidades. "*O passado* [...] *não pode entender a nossa pena*". No entanto, a nossa consciência e a nossa pena foram despertadas e movem-se na direção daquelas sombras redivivas, aqueles mortos aos quais a memória amorosa insiste em outorgar o dom da existência.

A História, como disciplina mestra que é das ciências humanas, está sempre a tecer fios de continuidade, sempre a construir grandes esquemas e preenchê-los de sentido. Nosso discurso de pósteros é ambicioso: recusa-se a aceitar o caráter aleatório e disperso dos atos individuais, o enigma que foi o destino de cada uma das sombras que saem dos documentos. Mas é precisamente nesses lances do acaso e nesse enigma que a poesia do *Romanceiro* se detém. E é por isso que o tom é interrogativo. Como está dito em *Solombra*: "Meu vulto anda em redor, abraçado a perguntas".

O ouro é revelado no meio dos sertões, luz sobre charco. Enquanto os historiadores apuram lugares e datas, a poesia pergunta: – "*Por onde é que andas, ribeiro, descoberto por acaso?*" Ou: – "*Que é feito de ti, montanha, que a face escondes no espaço?*"

A corrida para o ouro fundará cidades, lastreará um novo ciclo da colonização, que será erguido, porém, sobre a cobiça, a opressão, a barbárie. É a hora de a poesia dizer:

Mil galerias desabam;
mil homens ficam sepultos;
mil intrigas, mil enredos
prendem culpados e justos;
já ninguém dorme tranquilo,
que a noite é um mundo de sustos.

A história vai correndo, e há quem conte, se é historiador da máquina econômica, quanto ouro foi arrancado aos socavões de Vila Rica, quanto chegou ao reino cadaveroso, quanto passou às mãos dos mercantes da astuta Inglaterra. A lírica, porém, pede um momento de contemplação pela donzela assassinada por um pai que não sofre vê-la enamorada de um jovem de condição desigual; e de ouro é feita a arma do crime:

Reparai nesta ferida
que me fez o seu punhal:
gume de ouro, punho de ouro,
ninguém o pode arrancar!
Há tanto tempo estou morta!
E continuo a penar."

O caso da donzela assassinada, contado logo depois da descoberta do ouro, terá sido único, episódio singular, como é próprio de episódios. Mas não foi sem razão que Aristóteles atribuiu à poesia uma dimensão mais universal que a do relato histórico; nesse caso, é a sorte do indivíduo mortal que faz pensar na fragilidade dos destinos humanos, sejam quais forem as circunstâncias de que trata a crônica dos povos.

Quem seguir passo a passo o *Romanceiro* verá que nele convergem as notícias do ouro, que faz a opulência de poucos, e a fala dos oprimidos, do negro nas catas, dos povos vexados pelos tributos abusivos. Um exemplo entre tantos: a voz de Chica da Silva, advertindo o contratador Fernandes da perfídia iminente do conde de Valadares, é, ao mesmo tempo, intuição segura de amante temerosa e denúncia do jugo colonial:

> Responde a Chica da Silva
> (assim dizem que pensava):
> – Estes marotos do Reino
> só chegam por estas lavras
> para recolher o fruto
> das grotas e das gupiaras.
> Eles gastando na corte,
> e a Morte aqui pelas catas,
> desmoronando barrancos,
> engrossando as enxurradas...
> Não sei que tem este Conde:
> não gosto da sua cara!

Seria uma tarefa grata percorrer toda a galeria de sombras a que a palavra de Cecília deu, de novo, corpo e alma nos 85 romances da obra, mas o receio da prolixidade me aconselha a interromper o fio deste comentário. Mas não sem antes dar a ver e ouvir a mais bela e pungente das figuras do poema:

O passado não abre a sua porta
e não pode entender a nossa pena.
Mas, nos campos sem fim que o sonho corta,

vejo uma forma no ar subir serena:
vaga forma, do tempo desprendida.
É a mão do Alferes, que de longe acena.

Eloquência da simples despedida:
"Adeus! que trabalhar vou para todos!..."

(Esse adeus estremece a minha vida.)

ALFREDO BOSI

Cronologia

1901

A 7 de novembro, nasce Cecília Benevides de Carvalho Meirelles, no Rio de Janeiro. Seus pais, Carlos Alberto de Carvalho Meirelles (falecido três meses antes do nascimento da filha) e Mathilde Benevides. Dos quatro filhos do casal, apenas Cecília sobrevive.

1904

Com a morte da mãe, passa a ser criada pela avó materna, Jacintha Garcia Benevides.

1910

Conclui com distinção o curso primário na Escola Estácio de Sá.

1912

Conclui com distinção o curso médio na Escola Estácio de Sá, premiada com medalha de ouro recebida no ano seguinte das mãos de Olavo Bilac, então inspetor escolar do Distrito Federal.

1917

Formada pela Escola Normal (Instituto de Educação), começa a exercer o magistério primário em escolas oficiais do Distrito. Estuda línguas e em seguida ingressa no Conservatório de Música.

1919

Publica o primeiro livro, *Espectros*.

1922

Casa-se com o artista plástico português Fernando Correia Dias.

1923

Publica *Nunca mais... e Poema dos poemas*. Nasce sua filha Maria Elvira.

1924

Publica o livro didático *Criança meu amor...* Nasce sua filha Maria Mathilde.

1925

Publica *Baladas para El-Rei*. Nasce sua filha Maria Fernanda.

1927

Aproxima-se do grupo modernista que se congrega em torno da revista *Festa*.

1929

Publica a tese *O espírito vitorioso*. Começa a escrever crônicas para *O Jornal*, do Rio de Janeiro.

1930

Publica o ensaio *Saudação à menina de Portugal*. Participa ativamente do movimento de reformas do ensino e dirige, no *Diário de Notícias*, página diária dedicada a assuntos de educação (até 1933).

1934

Publica o livro *Leituras infantis*, resultado de uma pesquisa pedagógica. Cria uma biblioteca (pioneira no país) especializada em literatura infantil, no antigo Pavilhão Mourisco, na praia de Botafogo. Viaja a Portugal, onde faz conferências nas Universidades de Lisboa e Coimbra.

1935

Publica em Portugal os ensaios *Notícia da poesia brasileira* e *Batuque, samba e macumba*.
Morre Fernando Correia Dias.

1936

Trabalha no Departamento de Imprensa e Propaganda, onde dirige a revista *Travel in Brazil*. Nomeada professora de literatura luso-brasileira e mais tarde técnica e crítica literária da recém-criada Universidade do Distrito Federal, na qual permanece até 1938.

1937

Publica o livro infantojuvenil *A festa das letras*, em parceria com Josué de Castro.

1938

Publica o livro didático *Rute e Alberto resolveram ser turistas*. Conquista o prêmio Olavo Bilac de poesia da Academia Brasileira de Letras com o inédito *Viagem*.

1939

Em Lisboa, publica *Viagem*, quando adota o sobrenome literário Meireles, sem o *l* dobrado.

1940

Leciona Literatura e Cultura Brasileiras na Universidade do Texas, Estados Unidos. Profere no México conferências sobre literatura, folclore e educação.

Casa-se com o agrônomo Heitor Vinicius da Silveira Grillo.

1941

Começa a escrever crônicas para *A Manhã*, do Rio de Janeiro.

1942

Publica *Vaga música*.

1944

Publica a antologia *Poetas novos de Portugal*. Viaja para o Uruguai e a Argentina. Começa a escrever crônicas para a *Folha Carioca* e o *Correio Paulistano*.

1945

Publica *Mar absoluto e outros poemas* e, em Boston, o livro didático *Rute e Alberto*.

1947

Publica em Montevidéu *Antologia poética (1923--1945)*.

1948

Publica em Portugal *Evocação lírica de Lisboa*. Passa a colaborar com a Comissão Nacional do Folclore.

1949

Publica *Retrato natural* e a biografia *Rui: pequena história de uma grande vida*. Começa a escrever crônicas para a *Folha da Manhã*, de São Paulo.

1951

Publica *Amor em Leonoreta*, em edição fora de comércio, e o livro de ensaios *Problemas da literatura infantil*.

Secretaria o Primeiro Congresso Nacional de Folclore.

1952

Publica *Doze noturnos da Holanda & O Aeronauta* e o ensaio "Artes populares" no volume em coautoria *As artes plásticas no Brasil*. Recebe o Grau de Oficial da Ordem do Mérito, no Chile.

1953

Publica *Romanceiro da Inconfidência* e, em Haia, *Poèmes*. Começa a escrever para o suplemento literário do *Diário de Notícias*, do Rio de Janeiro, e para *O Estado de S. Paulo*.

1953-1954

Viaja para a Europa, Açores, Goa e Índia, onde recebe o título de Doutora *Honoris Causa* da Universidade de Delhi.

1955

Publica *Pequeno oratório de Santa Clara*, *Pistoia, cemitério militar brasileiro* e *Espelho cego*, em edições fora de comércio, e, em Portugal, o ensaio *Panorama folclórico dos Açores: especialmente da Ilha de S. Miguel*.

1956

Publica *Canções* e *Giroflê, giroflá*.

1957

Publica *Romance de Santa Cecília* e *A rosa*, em edições fora de comércio, e o ensaio *A Bíblia na poesia brasileira*. Viaja para Porto Rico.

1958

Publica *Obra poética* (poesia completa). Viaja para Israel, Grécia e Itália.

1959

Publica *Eternidade de Israel.*

1960

Publica *Metal rosicler.*

1961

Publica *Poemas escritos na Índia* e, em Nova Delhi, *Tagore and Brazil.*
Começa a escrever crônicas para o programa *Quadrante*, da Rádio Ministério da Educação e Cultura.

1962

Publica a antologia *Poesia de Israel.*

1963

Publica *Solombra* e *Antologia poética*. Começa a escrever crônicas para o programa *Vozes da cidade*, da Rádio Roquette-Pinto, e para a *Folha de S.Paulo*.

1964

Publica o livro infantojuvenil *Ou isto ou aquilo*, com ilustrações de Maria Bonomi, e o livro de crônicas *Escolha o seu sonho*.
Falece a 9 de novembro, no Rio de Janeiro.

1965

Conquista, postumamente, o Prêmio Machado de Assis da Academia Brasileira de Letras, pelo conjunto de sua obra.

Bibliografia básica sobre o *Romanceiro da Inconfidência*

Edições do *Romanceiro da Inconfidência*

Romanceiro da Inconfidência. Rio de Janeiro: Livros de Portugal, 1953.

Romanceiro da Inconfidência. Rio de Janeiro: Letras e Artes, 1965.

Romanceiro da Inconfidência. Rio de Janeiro: Civilização Brasileira, 1972. (A partir desse ano, com sucessivas tiragens).

Romanceiro da Inconfidência. São Paulo: Círculo do Livro, 1975.

Romanceiro da Inconfidência. Rio de Janeiro: Nova Fronteira, 1983.

Romanceiro da Inconfidência. Rio de Janeiro: Nova Fronteira, 1989.

Romanceiro da Inconfidência. Desenhos de Renina Katz. São Paulo: EDUSP/Imprensa Oficial, 2004.

Romanceiro da Inconfidência. Rio de Janeiro: Nova Fronteira, 2005.

Romanceiro da Inconfidência. São Paulo: MEDIAfashion/Folha de S.Paulo, 2008. (Coleção Folha Grandes Escritores Brasileiros).

Romanceiro da Inconfidência. Ana Maria Lisboa de Mello (Org.). Porto Alegre: L&PM Pocket, 2008.

Romanceiro da Inconfidência. São Paulo: Global, 2012.

Em obras reunidas e antologias de Cecília Meireles

Obra poética. Rio de Janeiro: José Aguilar, 1958.

Antologia poética. Rio de Janeiro: Editora do Autor, 1963.

Obra poética. 2. ed. aum. Rio de Janeiro: José Aguilar, 1967.

Flor de poemas. Paulo Mendes Campos (Org.). Rio de Janeiro: José Aguilar, 1972.

Obra poética. 3. ed. Rio de Janeiro: José Aguilar, 1972.

Seleta em prosa e verso. Darcy Damasceno (Org.). Rio de Janeiro: José Olympio, 1973.

Poesias completas. Darcy Damasceno (Org.). Rio de Janeiro: Civilização Brasileira, 1973/1974. v. 5.

Poesia. Darcy Damasceno (Org.). Rio de Janeiro: Agir, 1974.

Cecília Meireles. Norma Seltzer Goldstein e Rita de Cássia Barbosa (Org.). São Paulo: Abril, 1982. (Coleção Literatura Comentada).

Romanceiro da Inconfidência/Crônica trovada da cidade de Sam Sebastiam. Rio de Janeiro: Nova Fronteira, 1983.

Melhores poemas Cecília Meireles. Seleção de Maria Fernanda. São Paulo: Global, 1984. (Coleção Melhores Poemas).

Poesia completa. Walmir Ayala (Org.). Rio de Janeiro: Aguilar, 1994.

Poesia completa. Rio de Janeiro: Nova Fronteira, 1997.

Poesia completa. Antonio Carlos Secchin (Org.). Rio de Janeiro: Nova Fronteira, 2001.

No exterior

Poésie. Versão de Gisèle Slesinger Tygel. Paris: Seghers, 1967

Poésie. Ed. esp. Versão de Gisèle Slesinger Tygel e ilustração de Maria Helena Vieira da Silva. Paris: Seghers, 1967.

Antologia poética. Francisco da Cunha Leão e David Mourão-Ferreira (Org.). Lisboa: Guimarães, 1968. (Coleção Poesia e Verdade).

Poems in translation. Versão de Henry Keith e Raymond Sayers. Washington: Brazilian-American Cultural Institute, 1977.

Poemas. Versão de Ricardo Silva-Santisteban. Lima: Centro de Estudios Brasileños, 1979.

La materia del tiempo. Versão de Maricela Terán. México: Premia, 1983.

Antologia poética. Lisboa: Relógio D'Água, 2002.

Romanceiro da Inconfidência. Lisboa: Relógio D'Água, 2008.

Bibliografia básica sobre *Romanceiro da Inconfidência*

1 – Em livro

ANDRADE, Carlos Drummond de; ANJOS, Cyro dos. *Cyro & Drummond:* correspondência de Cyro dos Anjos e Carlos Drummond de Andrade. São Paulo: Globo, 2012. Org. Wander Melo Miranda e Roberto Said.

ARAÚJO, Homero José Vizeu. Os grandes sonhos e a força dos vermes – sacrifício, história e cruzamento de vozes em *Romanceiro da Inconfidência*. In: MELLO, Ana Maria Lisboa de (Org.). *Cecília Meireles & Murilo Mendes (1901-2001)*. Porto Alegre: Uniprom, 2002.

AYALA, Walmir. Romanceiro da Inconfidência. In: MEIRELES, Cecília. *Romanceiro da Inconfidência*. Rio de Janeiro: Letras e Artes, 1965.

AZEVEDO FILHO, Leodegário A. de. Lendo o *Romanceiro da Inconfidência*. In: ______. *Poesia e estilo de Cecília Meireles:* a pastora de nuvens. Rio de Janeiro: José Olympio, 1970.

BASTOS, Alcmeno. História e (quase) mito no *Romanceiro da Inconfidência* de Cecília Meireles. In: GENS, Rosa (Org.). *Cecília Meireles:* o desenho da vida. Rio de Janeiro: Setor Cultural/Núcleo Interdisciplinar de Estudos da Mulher na Literatura/UFRJ, 2002.

BONAPACE, Adolphina Portella. *O Romanceiro da Inconfidência:* meditação sobre o destino do homem. Rio de Janeiro: Livraria São José, 1974.

BOSI, Alfredo. Cecília Meireles. In: ______. *História concisa da literatura brasileira*. 33. ed. São Paulo: Cultrix, 1994.

______. Em torno da poesia de Cecília Meireles. In: ______. *Céu, inferno:* ensaios de crítica literária e ideológica. São Paulo: Duas Cidades/Editora 34, 2003.

______. Em torno da poesia de Cecília Meireles. In: GOUVÊA, Leila V. B. (Org.). *Ensaios sobre Cecília Meireles*. São Paulo: Humanitas/FAPESP, 2007.

BRASIL, Assis. Cecília Meireles. In: ______. *O livro de ouro da literatura brasileira*. Rio de Janeiro: Tecnoprint, 1980.

BRUNO, Haroldo. À margem de uma crítica dita científica. In: ______. *Novos estudos de literatura brasileira*. Rio de Janeiro: José Olympio; Brasília: INL/MEC, 1980.

CASTELLO, José Aderaldo. O Grupo *Festa*. In: ______. *A literatura brasileira:* origens e unidade. São Paulo: EDUSP, 1999. v. 2.

COELHO, Nelly Novaes. O "eterno instante" na poesia de Cecília Meireles. In: ______. *Tempo, solidão e morte.* São Paulo: Conselho Estadual de Cultura/Comissão de Literatura, 1964.

COUTINHO, Afrânio. Prefácio. In: BONAPACE, Adolphina Portella. *O Romanceiro da Inconfidência:* meditação sobre o destino do homem. Rio de Janeiro: Livraria São José, 1974.

DAMASCENO, Darcy. Guia do leitor do *Romanceiro da Inconfidência*. In: MEIRELES, Cecília. *Obra poética*. Rio de Janeiro: José Aguilar, 1958.

EULALIO, Alexandre. Retrato do Tiradentes. In: ______. *Livro involuntário:* literatura, história, matéria & modernidade. Carlos Augusto Calil e Maria Eugenia Boaventura (Org.). Rio de Janeiro: UFRJ, 1983.

GOLDSTEIN, Norma Seltzer. *Roteiro de leitura: Romanceiro da Inconfidência* de Cecília Meireles. São Paulo: Ática, 1988.

GOUVEIA, Margarida Maia. *Romanceiro da Inconfidência*: A tragédia da condição humana. In: ______. *Cecília Meireles:* uma poética do "eterno instante". Lisboa: Imprensa Nacional/Casa da Moeda, 2002.

LAURITO, Ilka Brunhilde. *Tempos de Cecília*. Dissertação de Mestrado – Faculdade de Filosofia, Letras e Ciências Humanas, Universidade de São Paulo, São Paulo, 1975.

______. *Romanceiro da Inconfidência*: uma releitura. In: GOUVÊA, Leila V. B. (Org.). *Ensaios sobre Cecília Meireles*. São Paulo: Humanitas/FAPESP, 2007.

LISBOA, Luiz Carlos. *Romanceiro da Inconfidência*, de Cecília Meireles (1953). In: ______. *Tudo que você precisa ler sem ser um rato de biblioteca:* guia do melhor da literatura brasileira. 5. ed. São Paulo: Papagaio, 2001.

LUCAS, Fábio. Capítulo da Inconfidência. In: ______. *Mineiranças*. Belo Horizonte: Oficina de Livros, 1991.

MACEDO, Márcia Regina de. O *Romanceiro da Inconfidência* ou o romance condensado em ideias. In: GENS, Rosa (Org.). *Cecília Meireles:* o desenho da vida. Rio de Janeiro: Setor Cultural/Núcleo Interdisciplinar de Estudos da Mulher na Literatura/UFRJ, 2002.

MACHADO, Ana Maria. Romanceiro da liberdade. In: MEIRELES, Cecília. *Romanceiro da Inconfidência*. Rio de Janeiro: Nova Fronteira, 2005.

MALEVAL, Maria do Amparo Tavares. Cecília Meireles. In: ______. *Poesia medieval no Brasil*. Rio de Janeiro: Ágora da Ilha, 2002.

MANNA, Lúcia Helena Scaraglia. *Pelas trilhas do* Romanceiro da Inconfidência. Niterói: EDUFF, 1985.

MEIRELES, Cecília. Como escrevi o *Romanceiro da Inconfidência*. In: ______. *Romanceiro da Inconfidência*. Rio de Janeiro: Nova Fronteira, 1989.

______. *A lição do poema:* cartas de Cecília Meireles a Armando Côrtes-Rodrigues. Celestino Sachet (Org.). Ponta Delgada: Instituto Cultural, 1998.

MELLO, Ana Maria Lisboa de. Sobre o *Romanceiro da Inconfidência*. In: MEIRELES, Cecília. *Romanceiro da Inconfidência*. Porto Alegre: L&PM Pocket, 2008.

MENDES, Murilo. A poesia social. In: MEIRELES, Cecília. *Obra poética*. Rio de Janeiro: José Aguilar, 1958.

MINDLIN, José E. Apresentação. In: *Romanceiro da Inconfidência*. São Paulo: EDUSP/Imprensa Oficial, 2004.

MOISÉS, Massaud. Cecília Meireles. In: ______. *História da literatura brasileira:* Modernismo. São Paulo: Cultrix, 1989.

MOURÃO-FERREIRA, David. Motivos e temas na poesia de Cecília Meireles. In: ______. *Hospital das letras*. Lisboa: Moraes, 1966.

______. Motivos e temas. In: MEIRELES, Cecília. *Antologia poética*. Lisboa: Guimarães, 1968.

NEJAR, Carlos. Cecília Meireles: da fidência à Inconfidência Mineira, do *Metal rosicler* à *Solombra*. In: ______. *História da literatura brasileira:* da carta de Caminha aos contemporâneos. São Paulo: Leya, 2011.

OLINTO, Antonio. Cecília Meireles. In: ______. *Cadernos de crítica*. Rio de Janeiro: José Olympio, 1959.

OLIVEIRA, Ana Maria Domingues de. *De caravelas, mares e forcas:* um estudo de *Mensagem* e *Romanceiro da Inconfidência*. Tese de Doutorado – Faculdade de Filosofia, Letras e Ciências Humanas, Universidade de São Paulo, São Paulo, 1994.

PAES, Iêdo de Oliveira. *Ecos do arcadismo no* Romanceiro da Inconfidência. Recife: Flamboyant, 2002.

PARAENSE, Sílvia. *Cecília Meireles:* mito e poesia. Santa Maria: UFSM, 1999.

PEIXOTO, Lina Tâmega. Cecília Meireles: estrela e abismo. In: ______. *Prefácio de vida*. Rio de Janeiro: Editora da Palavra, 2010.

PÓLVORA, Hélio. Caminhos da poesia: Cecília. In: ______. *Graciliano, Machado, Drummond & outros*. Rio de Janeiro: Francisco Alves, 1975.

QUEIROZ, Rachel de. Não faz muito tempo... In: BONAPACE, Adolphina Portella. *O Romanceiro da Inconfidência:* meditação sobre o destino do homem. Rio de Janeiro: Livraria São José, 1974.

RANGEL, Paschoal. Cecília Meireles e o *Romanceiro da Inconfidência*. In: ______. *Ensaios de literatura:* uma introdução à leitura de 16 autores brasileiros. Belo Horizonte: O Lutador, 1984.

RODRIGUES, José de Souza. Cecília Meireles. In: MEIRELES, Cecília. *Poemas*. Lima: Centro de Estudios Brasileños, 1979.

SANCHES NETO, Miguel. Cecília Meireles e o tempo inteiriço. In: MEIRELES, Cecília. *Poesia completa*. Antonio Carlos Secchin (Org.). Rio de Janeiro: Nova Fronteira, 2001. v. 1.

SANTOS, Maria José de Oliveira. Cecília Meireles e o *Romanceiro da Inconfidência*: o que a história oficial não contou? In: MELLO, Ana Maria Lisboa de (Org.). *Cecília Meireles & Murilo Mendes (1901-2001)*. Porto Alegre: Uniprom, 2002.

SILVA, Alberto da Costa e. Poesia e história. In: MEIRELES, Cecília. *Romanceiro da Inconfidência*. São Paulo: Global, 2012.

TURCHI, Maria Zaíra. O tempo e os tempos em *Romanceiro da Inconfidência*. In: MELLO, Ana Maria Lisboa de (Org.). *Cecília Meireles & Murilo Mendes (1901-2001)*. Porto Alegre: Uniprom, 2002.

UTÉZA, Francis. O negro no *Romanceiro da Inconfidência*. In: MELLO, Ana Maria Lisboa de (Org.). *Cecília Meireles & Murilo Mendes (1901-2001)*. Porto Alegre: Uniprom, 2002.

______. A tradição hermética do ocidente em *Romanceiro da Inconfidência*. In: ______. UTÉZA, Francis; MELLO, Ana Maria Lisboa de (Org.). *Oriente e ocidente na poesia de Cecília Meireles*. Porto Alegre: Libretos, 2006.

VILLAÇA, Antonio Carlos. Cecília Meireles: a eternidade entre os dedos. In: ______. *Tema e voltas*. Rio de Janeiro: Hachette, 1975.

ZAGURY, Eliane. Épico-lírica, a expressão. In: ______. *Cecília Meireles*. Petrópolis: Vozes, 1973.

2 – Em periódicos

ABREU, Caio Fernando. Num texto inédito, Cecília Meireles fala da sua poesia. *O Estado de S. Paulo*, São Paulo, 16 nov. 1989. Caderno 2.

ALVARENGA, Otávio Mello. *Romanceiro da Inconfidência*. *Minas Gerais*, Belo Horizonte, 12 ago. 1967. Suplemento Literário.

AYALA, Walmir. Roteiro histórico do *Romanceiro da Inconfidência*. *Jornal do Commercio*, Rio de Janeiro, 12, 19 e 26 jan. 1965.

______. Segunda edição do *Romanceiro da Inconfidência*. *Jornal do Commercio*, Rio de Janeiro, 29 jun. 1965.

BARROSO, Maria Alice. *Romanceiro da Inconfidência*. *Para Todos*, Rio de Janeiro, jul. 1956.

BORDINI, Maria da Glória. História e poesia no *Romanceiro da Inconfidência*. *Brasil/Brazil – Revista de Literatura Brasileira*, Porto Alegre, n. 15, jun. 1996.

BRAGA, Rubem. A poesia é necessária: "Romance XXXIII ou Do cigano que viu chegar o Alferes". *Manchete*, Rio de Janeiro, n. 67, 1 ago. 1953.

BUENO, Alexei. Em torno do *Romanceiro da Inconfidência*. *Poesia Sempre*, Rio de Janeiro, n. 12, mai. 2000.

BUENO, Luis. Cecília Meireles: o impasse da eternidade. *Folha de S.Paulo*, São Paulo, 4 nov. 2001. Caderno Mais!.

CABALLERO, Mara. A Inconfidência Mineira segundo a poesia universal e intemporal de Cecília. *Jornal do Brasil*, Rio de Janeiro, 26 abr. 1981.

CASTRO, Marilda de Souza. Paisagens e vozes da história/histórias. *Revista do Centro de Estudos Portugueses*, Belo Horizonte, UFMG, v. 21, n. 28-29, jan./dez. 2001.

CHAVES, Flávio Loureiro. No grande espelho do tempo. *Zero Hora*, Porto Alegre, 3 nov. 2001. Cultura.

CONY, Carlos Heitor. Com emoção. *Correio da Manhã*, Rio de Janeiro, 12 nov. 1964.

CORRÊA, Wilson. *Romanceiro da Inconfidência*. *Tribuna da Imprensa*, Rio de Janeiro, 31 mar. 1973.

COUTINHO, Edilberto. O apogeu de Minas. *O Globo*, Rio de Janeiro, 31 dez. 1989.

GUIMARAENS FILHO, Alphonsus de. Cecília Meireles, a pastora de nuvens. *Jornal do Brasil*, Rio de Janeiro, 6 nov. 1971.

HOLANDA, Gastão de. Cecília Meireles em prosa, com magia. *O Globo*, Rio de Janeiro, 5 jul. 1981.

LIMA, Alencar Guimarães. Os semeadores da liberdade e as sentinelas. *Correio Brasiliense*, Brasília, 29 jun. 1968.

LIMA JÚNIOR, Augusto de. O *Romanceiro da Inconfidência*. *Jornal do Brasil*, Rio de Janeiro, 26 fev. 1954.

MACHADO FILHO, Aires da Mata. História e poesia. *Minas Gerais*, Belo Horizonte, 12 ago. 1967. Suplemento Literário.

MAGALDI, Sábato. Um belo oratório, para plateias especiais. *Jornal da Tarde*, São Paulo, 18 mar. 1983.

MARISE, Leila. Pujança de tragédia grega no *Romanceiro da Inconfidência*. *Última Hora*, São Paulo, 21 fev. 1953.

______. Cecília entre nós. *A Nação*, São Paulo, 10 nov. 1963.

MAUAD, Isabel Cristina. Cecília Meireles, 1786. *O Globo*, Rio de Janeiro, 17 abr. 1992.

MENDES, Murilo. *Romanceiro da Inconfidência*. *Vanguarda*, Rio de Janeiro, 1953.

MOURÃO-FERREIRA, David. Motivos e temas na poesia de Cecília Meireles. *Humboldt*, Hamburgo, ano 6, n. 14, 1966.

NAVA, Joel. O livro do almotacé. *Minas Gerais*, Belo Horizonte, 12 ago. 1967. Suplemento Literário.

OLINTO, Antonio. A Inconfidência posta em versos. *O Globo*, Rio de Janeiro, 21 abr. 1965.

OLIVEIRA, Ana Maria Domingues de. A liberdade nos versos de Cecília Meireles. *Folha de Londrina*, Londrina, 21 abr. 1992.

PIRES, Ézio. Inconfidência na poesia de Cecília. *Correio Brasiliense*, Brasília, 9 jun. 1968.

PÓLVORA, Hélio. Cecília dos Inconfidentes. *Jornal do Brasil*, Rio de Janeiro, 21 mar. 1973. Caderno B.

RIBEIRO, Léo Gilson. Cecília Meireles: um canto fascinado e lúcido. *Jornal da Tarde*, São Paulo: 10 nov. 1984.

RÓNAI, Paulo. Toda a beleza da poesia de Cecília. *Jornal do Brasil*. Rio de Janeiro, 28 jul. 1973. Caderno Livro.

______. *Romanceiro da Inconfidência*: vinte anos depois. *Correio do Povo*, Porto Alegre, 1 set. 1973. Caderno de Sábado.

SILVA, Domingos Carvalho da. Saudação a Cecília Meireles. *Folha de S.Paulo*, São Paulo, 10 dez. 1953.

SILVA, Sérgio Amaral. Poesia e história. *Cult*, São Paulo, n. 51, out. 2001.

SILVEIRA, Tasso da. *Romanceiro da Inconfidência*. *Correio da Manhã*, Rio de Janeiro, n. 70, 21 ago. 1953. Suplemento Singra.

VILLAÇA, Alcides. Fantasmas e versos de Cecília: *Romanceiro da Inconfidência* e *Viagem* ganham novas edições. *O Estado de S. Paulo*, São Paulo, 30 out. 2012. Caderno 2.

VILLAÇA, Antonio Carlos. Cecília Meireles: a eternidade entre os dedos. *Jornal do Brasil*, Rio de Janeiro, 9 nov. 1974.

Os poemas de *Romanceiro da Inconfidência* inspiraram filmes (*Os inconfidentes*, direção de Joaquim Pedro de Andrade, 1972; *Chico Rei*, direção de Walter Lima Jr., 1985), músicas ("Tema de *Os inconfidentes*", por Chico Buarque) e diversas montagens teatrais, tal como a apresentada no Teatro Municipal do Rio de Janeiro, em 1968, dirigida por Flávio Rangel, com o "Tema de *Os Inconfidentes*" interpretado por Nara Leão; bem como dezenas de outras, baseadas principalmente em adaptações de Walmir Ayala e de Maria Fernanda, filha de Cecília Meireles.

CECÍLIA MEIRELES, MINAS E O *ROMANCEIRO*
DÉCADAS DE 1940 E 1950

"E ando com uma ânsia enorme de fazer uma grande peça com elementos históricos sobre a tragédia da Conjuração Mineira, que se passou naquele ambiente fabuloso de Ouro Preto, com todos aqueles poetas condenados à morte, depois degredados para África, e o pobre do Tiradentes enforcado, esquartejado, com a cabeça fincada num poste, as famílias amaldiçoadas até a terceira geração, as casas arrasadas e os terrenos salgados... Tudo isso há 150 anos, e por causa da Liberdade!"

[Cecília Meireles a Armando Côrtes-Rodrigues, 28 jul. 1947 – em *A lição do poema:* cartas de Cecília Meireles a Armando Côrtes-Rodrigues. Celestino Sachet (Org.). Ponta Delgada: Instituto Cultural, 1998, p. 111]

"Agora, preparo-me para ir passar aqueles dias cobiçados em Ouro Preto. [...] Calcule um vale (também de lágrimas) fechado entre montanhas muito negras, que uma névoa quase permanente envolve. A terra, crestada pelas escavações dos mineradores. Córregos tristes, negros, com homens esquálidos, pelas margens, de bateia em punho sonhando ainda riquezas trazidas na água lamacenta. Pontes soturnas, de pedra; chafarizes em cada esquina, com carrancas melancólicas; em cada elevação, uma igreja, cada qual mais linda (são umas vinte, sem falar nas capelas); casas de 200 anos, todas com suas janelas de guilhotina de caprichoso desenho, suas aldrabas, seus vestíbulos de seixos pretos e brancos formando mosaico; corredores com azulejos; ladeiras de escadaria quase a pique; um ar de assombração pelas varandas, pelas encruzilhadas, e esse cheiro que têm as fitas guardadas e as flores secas. E saber-se que ali viveu Gonzaga, que naquele canto se suicidou Cláudio Manuel da Costa; que por aquelas ruas, que parecem calçadas de ferro, – tão metálicas são as lages, que ficam negras, polidas, com cintilações ao sol – caminhou o Alvarenga, passou o Cônego Toledo, e cavalgou o desgraçado Tiradentes! E que ali, ali naquela janela, naquela varanda, se conversaram aquelas conversas, se leram aqueles versos, se sonharam aquelas coisas... Tenho a peça toda arquitetada, com grandes coros de leprosos (que abundam no lugar), de beatas, de alferes, de coronéis, de mineradores, – talvez até de anjos das igrejas. [...] Oh, Deus, dai-me forças para esta tremenda aventura que se chama fazer uma peça histórica *que não seja cretina!* a fim de que os meus queridos mártires não sejam martirizados duas vezes!"

[Cecília Meireles a Armando Côrtes-Rodrigues, 28 jul. 1947 – em *A lição do poema:* cartas de Cecília Meireles a Armando Côrtes-Rodrigues. Celestino Sachet (Org.). Ponta Delgada: Instituto Cultural, 1998, p. 120]

"A viagem de ida foi um pouco acidentada, porque, a certa altura, encontramos a linha férrea interrompida por uma explosão num trem de minério. [...] No dia seguinte, outra vez corrida com malas, dois trens, cada qual pior, e, afinal, Ouro Preto, com sua velhice, sua melancolia, seu mistério... Ai de mim, muito se padece por amor à arte! – Um hotelzinho que é quase, quase adorável. Apenas põem tanta pimenta na comida que é preciso ingerir-se toneladas de sal de fruta. Aí passamos o carnaval, visitamos as igrejas já conhecidas, o Museu, que eu ainda não tinha visto – compramos uns cacos velhos, e voltamos de automóvel, em duas etapas, sem maior novidade que a de cairmos num lamaçal, de onde nos foi pescar um caminhão com umas correntes."

[Cecília Meireles a Armando Côrtes-Rodrigues, 16 fev. 1948 – em *A lição do poema:* cartas de Cecília Meireles a Armando Côrtes-Rodrigues. Celestino Sachet (Org.). Ponta Delgada: Instituto Cultural, 1998, p. 149]

"Queria muito contar-lhe outras coisas: as casas históricas, o Museu, as igrejas, as portas e as fontes – mas sobretudo a patética melancolia da própria cidade, abraçada aos seus 200 anos, no meio das intermináveis e depauperadas montanhas de Minas."

[Cecília Meireles a Armando Côrtes-Rodrigues, 23 fev. 1948 – em *A lição do poema:* cartas de Cecília Meireles a Armando Côrtes-Rodrigues. Celestino Sachet (Org.). Ponta Delgada: Instituto Cultural, 1998, p. 150]

“Na manhã seguinte, que era 1º de maio, saímos cedo, rumo a esses lugares de Minas. Com um dia de viagem, chegamos à antiga vila de São José del Rey, hoje Tiradentes, que é uma coisa de pasmar. Está como um cenário armado – e só não compreendo o que fizeram das casacas, das fardas, dos vestidos do século XVIII. Como os substituíram? Por onde teriam chegado a saber que essas modas acabaram? Que calendário usarão? Quase me pergunto: que linguagem falam? – Porque é como se o Vigário Toledo ainda ontem houvesse oficiado na sua igreja (que esplendor!) – e o cavalo de Tiradentes estivesse ali amarrado àquela árvore.”

[Cecília Meireles a Armando Côrtes-Rodrigues, 5 maio 1948 – em *A lição do poema:* cartas de Cecília Meireles a Armando Côrtes-Rodrigues. Celestino Sachet (Org.). Ponta Delgada: Instituto Cultural, 1998, p. 155]

"Está quase pronto o *Romanceiro da Inconfidência*. Pena é que os amigos cuja opinião me interessa estejam todos longe, pois este é um livro diferente, tão diferente de quanto fiz até agora que, ou será muito bem recebido, ou ninguém lhe dará importância nenhuma. E foi o que mais me custou a fazer, obrigando-me, como sabe, a vastíssimos estudos, a incríveis pesquisas, com as quais gastei nestes três anos o triste tempo de que dispunha."

[Cecília Meireles a Armando Côrtes--Rodrigues, 6 dez. 1950 – em *A lição do poema:* cartas de Cecília Meireles a Armando Côrtes-Rodrigues. Celestino Sachet (Org.). Ponta Delgada: Instituto Cultural, 1998, p. 198]

"Ainda não terminei a cópia do *Romanceiro*, que é preciso editar este ano. Bem gostava de mostrar os originais a alguém, antes de imprimi-lo. Mas tudo é maçada tão grande que não me animo a ocupar com isso os amigos distantes. Mas como se trata de uma coisa de caráter épico, fica-me esta inquietação. Ninguém vai entender isto, ninguém o vai sentir. Todas estas coisas jazem de tal modo esquecidas! – Às vezes, na rua, olho a multidão e pergunto-me: 'Quantas, destas pessoas, teriam interesse por aquelas ações?' (já não falo 'pelos meus versos', mas pelo assunto em si...) E ocorre-me que... nenhuma. Quem quer lá saber de Justiça, Honra, Pátria, Humanidade... não há mais substantivos abstratos..."

[Cecília Meireles a Armando Côrtes-Rodrigues, 17 maio 1951 – em *A lição do poema:* cartas de Cecília Meireles a Armando Côrtes-Rodrigues. Celestino Sachet (Org.). Ponta Delgada: Instituto Cultural, 1998, p. 201]

"Depois do dia 5 devo entregar, afinal, o *Romanceiro*. Como quem dá um pulo no escuro, pois quem é que tem mais alma épica, apesar de serem tão épicos, os tempos?"

[Cecília Meireles a Armando Côrtes-Rodrigues, 26 jun. 1951 – em *A lição do poema:* cartas de Cecília Meireles a Armando Côrtes-Rodrigues. Celestino Sachet (Org.). Ponta Delgada: Instituto Cultural, 1998, p. 203]

Índice de primeiros versos

Leia também de Cecília Meireles

Antologia poética

Nesta *Antologia poética*, podemos apreciar passagens consagradas da encantadora rota lírica de Cecília Meireles. Escolhidos pela própria autora, os poemas aqui reunidos nos levam a vislumbrar diferentes fases de sua vasta obra. Pode-se dizer, sem sombra de dúvidas, que o livro é uma oportunidade ímpar para se ter uma límpida visão do primor de seus versos. Cecília, por meio de uma erudição invejável, cria composições com temas como amor e saudade, que se revestem de uma força tenazmente única.

Nesta seleção de sua obra poética, Cecília elenca versos de outros livros fundamentais, como *Viagem, Vaga música, Mar absoluto e outros poemas, Retrato natural, Amor em Leonoreta, Doze noturnos da Holanda, O Aeronauta, Pequeno oratório de Santa Clara, Canções, Metal rosicler* e *Poemas escritos na Índia*. Como não poderia deixar de ser, a antologia também traz excertos centrais de seu *Romanceiro da Inconfidência*, livro essencial da literatura brasileira.

De posse desse roteiro seguro que é esta antologia de poemas de Cecília Meireles, o leitor apreciará as sensibilidades de uma das maiores timoneiras do verso em língua portuguesa.

Impressão e Acabamento:

www.graficaexpressaoearte.com.br